Herausgegeben
von Veit Müller

# Ein Ausflug in den Tod

Herausgegeben
von Veit Müller

# Ein Ausflug in den Tod

## Kurzkrimis

Mit Geschichten von
Sybille Baecker – Werner Bauknecht – Martina Fiess –
Edi Graf – Silvija Hinzmann – Bernd Leix –
Veit Müller – Elke Schwab – Bernd Storz –
Peter Wark – Gudrun Weitbrecht

Oertel+Spörer

Diese Kurzkrimis spielen an realen Schauplätzen.
Alle Personen und Handlungen sind frei erfunden.
Sollten sich dennoch Ähnlichkeiten mit lebenden oder
verstorbenen Personen ergeben, so sind diese rein zufällig
und nicht beabsichtigt.

© Oertel+Spörer Verlags-GmbH+Co. KG 2014

Postfach 16 42 · 72706 Reutlingen
Alle Rechte vorbehalten.

Umschlaggestaltung: Bettina Mehmedbegovic,
Oertel + Spörer Verlag
Satz: Uhl + Massopust, Aalen
Druck und Bindung: CPI books GmbH, Ulm
Printed in Germany.
ISBN 978-3-88627-351-5

Besuchen Sie unsere Homepage und
informieren Sie sich über unser vielfältiges
Verlagsprogramm:
www.oertel-spoerer.de

# Inhalt

# Vorwort

Mein Großvater hatte den Leitspruch: Kirchen und Schlösser von außen, Berge von unten und Kneipen von innen. Glücklicherweise hat er mir diese Eigenschaft nicht vererbt. Als guter Bildungsbürger und touristisch versiert interessiere ich mich natürlich brennend für unsere Geschichte und die Geschichte anderer Völker. Und besichtige in jedem Urlaub Burgen, Schlösser, Kirchen, Museen und was es sonst noch alles von historischem Interesse gibt. Aber wenn sich dann vor den Toren solch wunderschöner Sehenswürdigkeiten andere Touristen in der Kassenschlange gedankenlos vordrängeln oder sich ein Pulk von Gruppenreisenden zwischen mich und Mona Lisa drängt, dann kommen mir manchmal schon mörderische Gedanken. Womit wir beim Thema wären. Als Krimiautor hat man die Möglichkeit, diese mörderischen Gedanken schnell in die Tat umzusetzen und gleich zu Papier zu bringen. Es ist sicher nicht weit hergeholt: Warum sollten an solch schönen Orten nicht auch einmal irgendwelche tiefgründigen Verbrechen geschehen? Und nicht nur in der Vergangenheit, nein, sogar in der Gegenwart. Ich habe deshalb eine Reihe von bekannten Autorinnen und Autoren um mich geschart und mich zusammen mit ihnen dieser durchaus wichtigen Frage genähert. Sie alle sind kriminalistisch erfahren und zugleich Mitglied im Syndikat, der größten Vereinigung deutschsprachiger Autorinnen und Autoren. Wir haben uns wie bei meiner ersten Anthologie »Leblos unterm Tresen« erneut in unser düsteres Hinterzimmer in einem geheimnisvollen Lokal am Rande der Stuttgarter Innenstadt zurückgezogen und unseren dunklen Gedanken freien Lauf gelassen. Herausgekommen ist dabei diese Sammlung von elf spannenden Kurzkrimis mit dem Titel »Ein Ausflug in den Tod«. Nun wird im Zeppelin über dem Bodensee oder auf der Burg Teck gemordet, es wird entführt, gestohlen und erpresst. Aber ich will nicht zu viel verraten, lesen Sie einfach selbst und genießen Sie die schönen Orte und die dort angesiedelten fesselnden Geschichten, die alle der Fantasie der Autoren entsprungen sind.

Mein Dank geht an den Reutlinger Verlag Oertel+Spörer, der sich wieder bereit erklärt hat, diese besondere Krimisammlung zu veröffentlichen.

Veit Müller
Herausgeber

Edi Graf

# Tödlich schöne Ausflugsorte

Der Zeppelin war mit seiner Länge von fast 70 Metern die größte Mordwaffe, die er je benutzt hatte. Doch gerade das machte seinen neuen Auftrag so reizvoll.

Dies ging ihm durch den Kopf, während er aus luftiger Höhe auf die 300 Meter unter ihm liegende glatte, blaugrüne Oberfläche des Bodensees starrte, auf der sich der schwarze Schatten des Luftschiffs wie eine schwimmende Zigarre Richtung Konstanz schob.

Heinz-Gustav Semmelmann wartete darauf, dass sich seine Auftraggeberin zu erkennen gab. Wenn er sie richtig verstanden hatte, befanden sich sowohl sie als auch das Opfer an Bord der kleinen Kabine, die wie das Euter am Bauch einer Kuh zwischen den beiden Seitenpropellern des Zeppelins hing, nur eben vorne und nicht hinten.

Ihn als Killer zu bezeichnen, wäre seinem Anspruch nicht gerecht geworden. Er hatte es auch gehasst, wenn man seine Klienten in den Presseberichten als Opfer bezeichnete. Wenn Heinz-Gustav Semmelmann einen seiner Aufträge ausführte, hatte das Stil. Das war er seinen Klienten und sich selbst schuldig.

Er sah die Beförderung seiner Klienten ins Jenseits als etwas Ernsthaftes und Würdevolles an. Nie hätte er seine Taten an solch schaurigen und unheimlichen Orten begangen wie die Mörder in den Geschichten von Wallace und Christie, nie so bestialisch getötet wie bei Mankell oder Müller. Einen Klienten heimtückisch mit Gift zu beseitigen, war nicht sein Ding. In einer namenlosen Seitengasse zu lauern, um in der Dunkelheit mit dem Dolch zuzustoßen, entsprach nicht seinem Stil. Einen Torso halbverscharrt im Wald hinter einem Baum liegen zu lassen – für ihn undenkbar.

Heinz-Gustav Semmelmann erledigte seine Aufträge nicht nur zur höchsten Zufriedenheit seiner Kunden, sondern auch zur – na ja, Zufriedenheit ist hier vielleicht das falsche Wort – sagen wir mal Erbauung seiner Klienten. Sie sollten ihre letzten Minuten auf dieser Welt wenigstens an besonderen, manchmal sogar historischen Orten verbringen und zumindest ihr letzter Blick sollte auf etwas Unvergessliches, Schönes, Wunderbares fallen.

Der Blick aus dem Zeppelin traf somit Heinz-Gustav Semmelmanns Empfinden ziemlich zentral. Niemals hätte er selbst sich die doch ziemlich teure Exklusivität dieses Ausflugs geleistet. Es war seine aktuelle Auftraggeberin, die ihn auf diese Idee gebracht und ihn sogar zum gemeinsamen Flug im Zeppelin eingeladen hatte.

Daher war er erstmals von seinem Grundsatz abgewichen, sich nie mit seinen Kunden zu treffen. Selbst die Honorarübergabe erfolgte stets inkognito, verschwiegen auf ein Bankkonto in Schaffhausen – Vorkasse, versteht sich. In diesem Fall war er jedoch auch noch in zwei weiteren Punkten von seinen Grundsätzen abgewichen: Die Bezahlung sollte erstens heute an Bord des Luftschiffes erfolgen, unmittelbar nach Ausführung der Tat, von der zweitens seine Kundin eine klare Vorstellung zu haben schien.

Beim Blick aus der Passagiergondel in die tödliche Tiefe unter sich war ihm der vermeintliche Tathergang klar geworden. Er verspürte ein flaues Gefühl in der Magengegend bei dem Gedanken, gleich an der geöffneten Tür zu stehen, um seinen nächsten Klienten durch einen gezielten Stoß nach draußen in die Tiefe zu befördern. Doch insgesamt fand Heinz-Gustav Semmelmann die Idee mit dem Zeppelin ausgesprochen gut, die Location passend zu seinem »Konzept der tödlich schönen Ausflugsorte«.

Vor wenigen Minuten erst waren die beiden Seitenpropeller des Luftschiffs angesprungen und auch das Hecktriebwerk hatte zu rotieren begonnen. Der Himmel über der Zeppelinstadt Friedrichshafen war klarblau und wolkenlos gewesen, fast kein Lüftchen hatte den Windsack am Mastfahrzeug bewegt, ein idealer Tag für einen Flug mit dem »Zeppelin Neuer Technologie«, dem Luftschiff neuer Generation, wie sie seit dem 18. September 1997 wieder über der Bodenseelandschaft kreisen.

Elf der zwölf Sitze der kleinen weißen Gondel waren belegt, eine der zehn Personen musste seine Auftraggeberin sein, genauer gesagt: eine der sieben Frauen an Bord, die Co-Pilotin nicht eingerechnet. Und einer der drei Männer – ohne den Piloten – sein neuer Klient.

»Unter uns das Frei- und Seebad Fischbach«, hatte sich kurz nach der Begrüßung der Pilot erneut zu Wort gemeldet. Heinz-Gustav Semmelmann hatte nach unten geblickt. Das Luftschiff hatte Kurs auf den See genommen und die Uferlinie von Fischbach überflogen, wo die beiden hellblauen Wasserbecken im Grün der Bäume und Wiese leuchteten.

Das Bad war leer, jetzt im Herbst, der Tag selbst für hart gesottene Bodenseeseebären zu kalt, um zu segeln oder Tretboot zu fahren. Entsprechend kahl lag die Wasserfläche unter ihnen. Nur der Katamaran mit Kurs auf Friedrichshafen und die Fähre nach Romanshorn waren zu erkennen.

Freibad, hatte er gedacht, zu profan. Gab es zu oft. Würde für ihn als Tatort nicht in Frage kommen. In dieser Sache war und blieb er Ästhet. Was seine Tatorte auszeichnete, war ihre Schönheit und Exklusivität, ihre Geschichte oder ihre Aussicht. In diesem Zusammenhang war der Zeppelin sicher herausragend.

Nie war die Aussicht herrlicher, die Geschichte großartiger und die Schönheit erhabener gewesen, als hier oben, mit Blick auf Säntis im Süden und die Weinberge Hagnaus und Meersburgs im Norden, mit dem legendären Grafen Ferdinand von Zeppelin als prägender Geist der Luftschifffahrt, der aus der verträumten ehemaligen Reichsstadt Buchhorn das Industriezentrum Friedrichshafen gemacht hatte, und dem beruhigenden und exklusiven Gleiten des Zeppelins hoch über dem Bodensee.

Viele der herausragenden Ausflugsorte und Sehenswürdigkeiten im Land hatte Heinz-Gustav Semmelmann im Laufe seiner Karriere schon aufgesucht. Seine Spuren zogen sich durch Baden-Württemberg wie die Top Ten der Ausflugsziele in einem Reiseführer von Oertel & Spörer. Und er hatte dafür gesorgt, dass man diese Spuren auch entdeckte und ihnen folgen konnte. Zumindest so weit, wie es ihm sinnvoll und tragbar erschien. Wie die Hinterwälder Rinder im südlichen Schwarzwald oder das Allgäuer Braunvieh trugen auch seine Opfer ihre Markierungen – allerdings nicht im Ohr –, Zeichen, die sie ganz allein als seine Klienten auswiesen.

Es war ein kleiner Pin, nicht größer als ein Wassertropfen, blutrot und kreisrund, irgendwo an der Kleidung versteckt. Es hatte fünf Klienten gebraucht, bis endlich einer dieser intelligenten Profiler des Landeskriminalamts darauf gekommen war, dass es sich bei diesen Accessoires um keinen Zufall handeln konnte.

Man hatte diesen Pin bei Franz-Wilhelm K. am Fuß des Ulmer Münsterturms ebenso gefunden wie bei Erna W. unterhalb von Schloss Lichtenstein. Auch Guido P. trug den Mini-Pin an seinem Hemdsärmel, als man ihn am Ausgang der Bärenhöhle auf der Schwäbischen Alb fand, und bei Magnus E.-H. zierte der Pin die Krawatte, mit der er sich offensichtlich in einem Fensterkreuz der Burg Hohenzollern erhängt hatte.

Die Kriminalpolizei tippte ab dem fünften Klienten dann auch folgerichtig auf einen Serientäter, tappte aber – was dessen Motive anging – völlig im Dunkeln. Es brauchte in der Tat zwei weitere Aufträge, die Heinz-Gustav Semmelmann nach demselben Muster erledigte, bis die Polizei tatsächlich herausfand, dass die Bekanntheit der Tatorte der rote Faden war, und eine überregionale Tageszeitung auf ihrer ersten Seite in großen Buchstaben fragte: »WO SCHLÄGT DER AUSFLUGS-KILLER ALS NÄCHSTES ZU?«

Heinz-Gustav Semmelmann hatte begonnen, seine Tatorte auch ins Badische zu verlegen, nachdem ihm zwei weitere Aufträge Klienten aus dem Schwarzwald und vom Hegau beschert hatten. Doch nachdem er seine Spur am Pullover von Claus-Dieter M. auf der Ruine des Hohentwiel hinterlassen und mit der Wasserleiche von Hedwig S. am Triberger Wasserfall sein ästhetisches Grundempfinden schmerzlich verletzt hatte, war er wieder ins Schwabenland zurückgekehrt.

Drei weitere Aufträge hatten ihn in die Stuttgarter Wilhelma geführt, wo Svenja J. unfreiwillig das Gehege der Sumatra-Tiger betreten hatte, dann im eiskalten Winter 2013 zum Uracher Wasserfall, wo Uwe V. nach durchzechter Nacht zu Eis erstarrt am Fuß der eingefrorenen Kaskaden gefunden wurde, und zur Fossilienfundstätte Holzmaden, wo der Pin an der Leiche von Therese G. zwischen den tonnenschweren Schiefertafeln eines Ichthyosaurierfossils verloren gegangen war.

Insgesamt war Heinz-Gustav Semmelmann in den vergangenen Jahren auf diese Weise elf Mal in Aktion getreten, stets bemüht, die Wünsche seiner Kunden (für die er trotz aller Bemühungen ein Killer war und blieb) mit den schönen letzten Momenten der Klienten und seinem eigenen ästhetischen Anspruch unter einen Hut zu bekommen.

Mit dem freien Fall vom Arnulf L. vom Stuttgarter Fernsehturm und dem tragischen Ende von Lena R. durch ein römisches Kampfschwert im Archäologischen Park des obergermanischen Limes zu Aalen hatte er sich je einen aussichtsreichen und einen historisch bedeutsamen Herzenswunsch erfüllt, nun wollte er das Dutzend noch voll machen, um sich danach mit den (steuerfreien) Einnahmen seines Lebenswerks aus dem Ländle zu verabschieden, um vielleicht auf einer Weltreise noch den Grand Canyon, die Chinesische Mauer oder Neuschwanstein mit seinen Spuren zu beehren.

Während er überlegt hatte, welche Sehenswürdigkeit in seiner schwäbischen Heimat sich noch als würdig erweisen könnte, von ihm aufgesucht zu werden, um in die Reihe tödlicher Ausflugsorte integriert zu werden, hatte sich auch schon die neue Kundin bei ihm gemeldet.

Wie immer war der persönlichen Kontaktaufnahme ein mehrwöchiger Schriftwechsel unter Chiffre »LAST DATE« vorausgegangen, eine Sicherheitsmaßnahme, die zu Heinz-Gustav Semmelmanns Standards gehörte. Doch danach war es eben diesmal nicht beim Telefonat geblieben.

Sie habe da so ihre ganz persönliche und eigene Vorstellung, sagte sie – und sie sei selbstverständlich bereit, dafür extra zu bezahlen. Die Worte der Frau am Telefon, als er sie von einem öffentlichen Fernsprecher aus angerufen hatte, gingen ihm immer wieder durch den Kopf.

»Ich kann mich darauf verlassen, dass Sie für ein außergewöhnliches Ende in einmaliger Atmosphäre sorgen?«

»Das gehört zu meinen Prinzipien!«

»Ich bin da ziemlich anspruchsvoll«, hatte sie gesagt, »und würde Ihnen gerne einen Vorschlag unterbreiten.«

»Und der wäre?«

»Was halten Sie von einer Aussicht, die vom Pfänder über die Schweizer Alpen bis zum Seerhein reicht?«

»Klingt verlockend. Sie meinen aber nicht einen Sprung vom Gehrenbergturm?« Dieser Aussichtspunkt im Bodenseehinterland bot zwar einen wunderschönen Blick bis in die Alpen, doch war er bisher als Sehenswürdigkeit in seiner Liste nicht aufgetaucht.

»Nein, ein bisschen spektakulärer hätte ich mir das schon vorgestellt. Und höher.«

Sie hatte gezögert und dann die Katze aus dem Sack gelassen: »Ein Flug mit dem Zeppelin NT.«

»Als letzte Reise?«

»Sozusagen.«

»Das wird aufwändig. Ich pflege die Orte meines Tuns vorher zu besichtigen und die Umstände zu recherchieren.«

»Das ließe sich einrichten und wäre auch ganz in meinem Sinne.« Der Klient, um den es gehe, sei ein großer Freund der deutschen Luftfahrtgeschichte und begeistere sich als Briefmarkensammler seit Jahren für Zeppelinpost, hatte sie ihm erzählt. Als sie sich handelseinig geworden waren, hatte sie ihn nach Friedrichshafen bestellt, ins Zeppelinmuseum im Hafenbahnhof.

»So ein Zeppelinflug ist keine billige Angelegenheit…« hatte er eingewandt.

»Ich übernehme alle Kosten!«

Er hatte kurz abgewogen. Die Risiken schienen ihm kalkulierbar.

»Also gut«, hatte er schließlich zugestimmt, »ich bin einverstanden.«

Sie hatten den Rest vereinbart und sie hatte sich durch kein Argument von ihrem Vorschlag der gemeinsamen Ausführung abbringen lassen.

»Wenn Sie nicht wollen, dass ich dabei bin, lassen wir es besser gleich!«

»Es gehört zu meinen Prinzipen, dass ich inkognito arbeite.«

»Dann kleben Sie sich einen Bart an und verkleiden Sie sich!« hatte sie gesagt und der Ton in ihrer Stimme hatte keinen Widerspruch zugelassen.

Da Heinz-Gustav Semmelmann jedoch ein vorzeitiges Kennenlernen strikt ablehnte, hatte sie ihm an der Kasse des Museums lediglich eine Eintrittskarte hinterlegt, der ein Flugticket für den Zeppelin NT beigefügt war. Alles Weitere würde er direkt während des Fluges erfahren, man treffe sich am 24. September um 11 Uhr im Zeppelin-Hangar am Flughafen Friedrichshafen.

Dort war er dann mit falschem Bart, Perücke, Brille und auf alt gestylt erschienen.

Dies alles ging ihm durch den Kopf, während der Zeppelin zielstrebig Kurs auf Konstanz nahm. Gespannt wartete er auf die Kontaktaufnahme, die mittels eines Codeworts erfolgen sollte. Seine Baskenmütze war als Erkennungszeichen ausgemacht und so würde es für die Kundin nicht schwer sein, ihn unter den Passagieren auszumachen.

Gerade blickte er wieder hinunter und versuchte, die Höhe abzuschätzen, in der der Zeppelin den See überquerte, als ihm plötzlich die Worte »Last Date« ins Ohr gehaucht wurden.

Er drehte sich um und blickte in das Gesicht einer blonden Frau, die ihre Haare zu einem Pferdeschwanz zusammengebunden hatte.

Sie stand im Gang der Kabine neben seinem Sitz und beugte sich nun mit gezückter Kamera über ihn, um das Alpenpanorama festzuhalten, das im Süden leuchtete und den ersten Schnee dieses Herbstes ahnen ließ. Im Norden zogen die Weinberge der Hagnauer Winzer vorbei, die Mauern von Schloss Meersburg und die Zinnen der Alten Burg tauchten auf, als der Zeppelin Richtung Konstanz, der Geburtsstadt des Grafen Zeppelin, schwebte. Dort würden sie eine Schleife drehen, um dann über die Insel Mainau mit Blick Richtung Birnau und über die Uhldinger Pfahlbauten zurückzufliegen.

»Last Date«, murmelte nun auch Heinz-Gustav Semmelmann und starrte wieder nach draußen, wo sich gerade die beiden Katamarane auf ihren entgegengesetzten Wegen über den See begegneten.

»Ein einmaliger Ausflug«, fügte er hinzu, als er sich zu der Blonden umdrehte und sie ihn charmant anlächelte. Sie war höchstens Mitte dreißig und auffallend hübsch.

»Und?« flüsterte sie, »haben Sie schon eine Idee, wie Sie diesen einmaligen Ausflug für unseren gemeinsamen Zweck nutzen könnten?«

Ihre Hände streichelten über den großen Rucksack, den sie vor sich abgestellt hatte.

Mann, die legte aber los! Ohne Umschweife direkt zur Sache!

Natürlich hatte er sich schon seine Gedanken gemacht.

Noch bevor er die schmale Treppe, die in den Zeppelin führte, betreten hatte.

»Man könnte es wie einen Unfall aussehen lassen«, sagte er daher. Das leise Surren der Motoren verwischte ihre Stimmen für die anderen Passagiere.

»Meinen Sie, dass Sie die Tür während des Flugs öffnen können?«, entgegnete sie.

»Klar«, antwortete er, »es gibt keine Tür, die ich nicht aufbekomme!«

Sie schwieg und sah ihn mit einem Blick an, den er nicht zu deuten wusste.

»Und wie werden Sie verhindern, dass die anderen Passagiere etwas mitbekommen?« fragte sie.

»Sie könnten sie ablenken.«

»Hm. Nicht schlecht.«

»Oder wollen Sie nicht, dass ES heute passiert?«

»Doch, natürlich!«

»Also ist der Klient an Bord?«

»Zweite Reihe links.« Sie deutet auf einen Mann, der mit einer Spiegelreflexkamera Aufnahmen machte.

»Ich soll also die anderen ablenken, meinen Sie?« hakte sie noch einmal nach und fügte hinzu: »Was aber, wenn ich das nicht tue?«

»Dann machen Sie einen besseren Vorschlag!«

»Sind Sie schon einmal gesprungen?«

»Gesprungen?« fragte er, ein bisschen zu laut.

»Pst!« hauchte sie und flüsterte: »Fallschirm!«

Er verneinte.

»Auch nicht Tandem?«

Abermaliges Nein.

»Na ja. Irgendwann ist immer das erste Mal.«

»Wie meinen Sie das?«

»Ihr Fallschirm!« Sie deutete auf den großen, mit Gurten, Ringen und Haken versehenen Rucksack auf ihrem Schoß.

»Mein WAS?«

»Fallschirm! Ist ganz einfach. Ich erkläre Ihnen die Bedienungselemente. Sie ziehen an einem Metallring, und hups geht das Ding auf!«

»Ich glaube, Sie irren sich. Ich bin noch nie Fallschirm gesprungen und werde es auch heute nicht tun.«

»Okay. Dann ist hiermit unser Geschäft geplatzt. Wir haben uns nie gesehen. Kein Auftrag, keine Tat, keine Kohle. Ende, Schade.«

Die nicht unbeträchtliche Summe ging ihm durch den Kopf.

»Nur mal theoretisch«, sagte er leise, »wie haben Sie sich das vorgestellt?«

»Ganz einfach: Ihre Aufgabe ist es, mit ihm zu springen. Als sein Tandem-Master. Er hat sich das gewünscht. Einen Tandem-Fallschirmsprung aus dem Zeppelin. Auf diese Weise macht er mir seinen Abgang ziemlich leicht.«

Heinz-Gustav Semmelmann schluckte trocken.

Sie fuhr fort:

»Er ist mein Mann, das können Sie sich vielleicht denken. Die Sache ist absolut sicher. Mein Freund wartet da unten« – sie deutete aus dem Zeppelin – »in einem kleinen Motorboot. Er beobachtet sie mit einem Fernglas und wird Sie nach Ihrer Landung auffischen und ans Schweizer Ufer bringen. Er hat dort einen Wagen und fährt Sie, wohin Sie wollen, um von der Bildfläche zu verschwinden.«

»Und Ihr ... Gatte?«

»Kennen Sie die Made von Heinz Erhardt?«

»Hm ... ja, schon mal gehört.«

»Und der Gatte, den sie hatte, fiel vom Blatte?«

»Sie meinen, ich soll ...?«

»Ja. SIE SOLLEN ...!« Sie senkte Ihre Stimme zu einem fast unhörbaren Hauchen.

»... IHN ABSCHNEIDEN!«

Genial. Diese Frau war genial. Kam mit komplettem Konzept zur Eliminierung ihres Gatten hier an und servierte ihm einen Plan, vor dem er nur den Hut ziehen konnte.

»Der Sprung erfordert vielleicht Überwindung. Aber die Bedienung des Fallschirms ist eine Kleinigkeit. Sie können gar nichts falsch machen«, zerstreute sie auch noch seine letzten Bedenken. »Und wenn der Schirm sich geöffnet hat, schneiden Sie den Passagiergurt durch.«

... fiel vom Blatte ...

Ihr Gatte.

Fiel.

Gefiel ihm.

Die Tat reizte ihn. Nur nicht, dass auch er springen sollte. Aber das schien unumgänglich.

Er sah aus dem Fenster. Schon hoch. Weit runter. Ein flaues Gefühl kroch ihm in den Magen.

Fiel.

Wie tief?

300 Meter.

Tödlich?

Ja.

Das überlebt der nicht.

Auf keinen Fall.

Und der Gatte, der ihr nicht mehr gefiel, fiel aus dem Zeppelin. Frei nach Heinz Erhardt.

»Sie haben zugesagt, sich bei der Ausführung nach meinen Wünschen zu richten«, betonte sie, »solange der Ort spektakulär genug sei.«

Heinz-Gustav Semmelmann nickte.

Sein Klient vom Stuttgarter Fernsehturm fiel ihm ein. Was für ein Fall! Es hatte wie ein Bungeesprung ausgesehen. Doch das Gummiseil war gerissen. Es war eine spektakuläre Aktion gewesen. Den Pin hatte er seinem Opfer an die Socke gesteckt. Ob ihm das während des Fallschirmsprungs auch gelingen würde?

»Also, was ist?« fragte sie. »Sie müssen über dem See abspringen, noch bevor wir Konstanz erreichen. Danach sind wir zu nah am Ufer.«

»Was ist mit den Piloten?«

»Der Fallschirmsprung ist angemeldet«, antwortete sie. »Die im Cockpit wissen Bescheid.«

»Es ist verrückt«, sagte er. »Aber Sie haben Recht: Es stimmt alles. Die Location, die Aussicht, die Ausführung. Ich hätte das selber nicht besser planen können. Ich mach's!«

Der Gatte fiel vom Blatte.

Wunderbar.

Tief.

Tot.

Sie lachte und schlug ihm auf die Schulter.

»Na also, dann los! Hier haben Sie schon mal den Fallschirmcontainer. Wie einen Rucksack umschnallen. Ich bin gleich wieder da!«

Heinz-Gustav Semmelmann betrachtete den seltsamen Rucksack, während seine Auftraggeberin in der Gondel Richtung Cockpit ging.

Ein mulmiges Gefühl beschlich ihn, als er den Fallschirmcontainer schulterte und versuchte, mit den Gurten, Haken und Ringen klarzukommen. Dann wog er sein Klappmesser in der Hand und prüfte die Schärfe der Klinge. Dabei versuchte er, sich mental auf das zu konzentrieren, was er zu tun hatte.

Als er sich an das Gewicht auf seinem Rücken gewöhnt hatte, näherte er sich dem Heck der Passagiergondel und spähte durch die Tür hinunter. 300 Meter! Er sah das blaugrüne Wasser unter sich und spürte, wie ihm schwindlig wurde.

»Wir erreichen demnächst Konstanz, der Pilot dreht jetzt eine extra Schleife«, informierte ihn seine Auftraggeberin, als sie wieder bei ihm stand. »Sind Sie so weit?«

Der Zeppelin setzte zu einer eleganten Kurve an, drehte nach Süden ab. Inselhotel mit dem Münster dahinter, das Konzil und im Vordergrund die Imperia an der Hafeneinfahrt von Konstanz zogen an seinem Gesichtsfeld vorüber. Eine Bewegung in der Gondel ließ ihn herumfahren.

Die anderen Passagiere waren alle aufgestanden, sicher um besser sehen und fotografieren zu können.

»Eine schöne Aussicht«, sagte Franziska-Walburga K. »Fast wie vom Ulmer Münster, wenn man über die Dächer der Stadt blickt.

»Aber weiter ins Land sieht man vom Hohenzollern«, ergänzte Mathilde E.-H.

Heinz-Gustav Semmelmann schauderte.

»Koin Vergleich zur Sicht vom Schduegeter Fernsehturm« meinte in gepflegtem Schwäbisch Agathe L.

Die Alpenkette mit dem Gipfel des Säntis tauchte auf.

»Die Berge sieht man vom Hohentwiel aus fast genauso schön und dazu die Kegel der Hegauvulkane«, schaltete sich Christa M. ein.

»Ähnlich schön ist die Sicht vom Lichtenstein zum Traifelberg mit seinen Weißjurafelsen. Fehlt nur das Wasser«, kommentierte Elmar W.

Heinz-Gustav Semmelmann hörte die Stimmen wie im Traum.

»Das gibt's am Triberger Wasserfall und es rauscht lauter als der Zeppelin«, kam es von Hilmar S.

»Do müsset Se mol noch Urach komma, vor allem em Winter, wenn dr Wasserfall zuagfrora isch«, riet Uschi V.

Wie im Alptraum!

»In der Bärenhöhle ist es das ganze Jahr über kalt«, stellte Gerda P. fest.

»Da würde es die Sumatra-Tiger aus der Wilhelma sicher frieren«, warf Siegbert J. ein.

Heinz-Gustav Semmelmann wurde es heiß und kalt.

Den letzten Satz hatte sein potenzielles Opfer ausgesprochen. Er hatte auf einmal das Gefühl, dass alle Passagiere näherkamen und einen undurchdringlichen Wall, einen Ring aus Leibern um ihn herum bildeten.

Heinz-Gustav Semmelmann begann, am ganzen Leib zu zittern. Verzweifelt sah er sich nach einem Ausweg um. Der Pilot! Er würde ihn einfach bitten, die Tür nicht zu entriegeln. Würde vortäuschen, dass ihm schlecht war. Der Fallschirmsprung würde nicht stattfinden. Auf keinen Fall!

Der Ring um ihn herum schloss sich immer enger.

»Am kältesten ist es bei uns auf der Ostalb«. Die Co-Pilotin hatte sich zu ihnen umgedreht und war aus dem Cockpit nach hinten gekommen. »Darum haben es die Römer auch nicht über den Limes geschafft.«

»Man hat Lea dort gefunden.«, rief der Pilot Leonard R. so laut, dass Heinz-Gustav Semmelmann es verstand.

»Unsere Tochter«, ergänzte die Co-Pilotin Linda R. und ihre Augen blitzten ihn gefährlich an. »Los, Leo, mach die Tür auf! Wir haben doch einen Fallschirmsprung angemeldet, nicht wahr?«

»Die Tochter der beiden lag tot in den Ruinen der römischen Reiterbaracke« flüsterte Heinz-Gustav Semmelmanns Auftraggeberin an seinem Ohr, »im Archäologischen Park des Limesmuseums Aalen.«

Die Tür flog auf.

»Kennen Sie das?« fragte sie jetzt und hielt ihm einen kleinen Gegenstand unter die Nase.

Einer seiner Pins! Blutrot und tropfengroß.

Er nickte stumm und fühlte den Schweiß auf seiner Stirn.

»Habe ich in der Fossilienfundstätte Holzmaden gefunden, zwischen den tonnenschweren Schiefertafeln eines Ichthyosaurierfossils.«

Er drückte sich ängstlich von der offenen Tür weg, doch die Leiber schoben ihn in die andere Richtung.

»Was soll das?« schrie er, panisch vor Angst.

»Ach, wir wollen doch nur, dass auch Sie Ihre letzte Minute genießen.«

Sie deutete nach unten.

»So wie die anderen Toten, deren Angehörige Ihnen diesen Ausflug spendiert haben«, sagte sie, während die Schnauze des Zeppelins auf den offenen See hinaus zeigte. »Das Schwäbische Meer ist doch ein beliebtes Ausflugsziel mit herrlicher Aussicht, nicht wahr? Tödlich schön.«

Jäh gähnte unter ihm der Abgrund mit der blaugrünen Oberfläche des Sees.

Seine Auftraggeberin heftete ihm den Pin an den Hemdsärmel.

Tropfengroß.

Blurot.

Seine vor Angst geweiteten Augen starrten nach unten. Er hatte schon Panik, wenn er im Freibad auf dem Fünfmeterbrett stand. Nur wenige Zentimeter trennten ihn von dem Sturz ins Freie.

»Der Fallschirm ist nicht echt…« stammelte er.

»Nein Der Container ist leer! Ein paar Schiefertafeln aus Holzmaden wegen des Gewichts. Meine Mutter hatte auch keine Chance unter dem tonnenschweren Ichthyosaurierfossil.«

»Wer sind Sie alle?« fragte er zitternd in die Runde.

»Wir alle hier an Bord …«, begann sie und ihre Antwort dröhnte in seinen Ohren, während er den Lufthauch von draußen auf seiner Haut spürte. »… haben durch Sie einen Menschen verloren. Eine Mutter, eine Tochter, einen Ehemann. Da Ihre Auftraggeber, wie Sie wissen, anonym geblieben sind, müssen wir uns leider in dieser Sache an Sie wenden!«

»Dann … sind Sie die … Rächer der … Toten?« fragte er stammelnd.

»Wir alle sind dieses eine Mal Ihre Kunden. Und Sie sind Ihr eigener Klient …«

Er taumelte nach draußen.

Ohne dass ihn jemand stieß.

Und er fiel.

Martina Fiess
# Liebestod auf Burg Teck

Für die meisten Menschen sind Trauerfeiern eine deprimierende Angelegenheit. Es wird geweint, alle tragen Schwarz und jeder spürt, was er sonst gern verdrängt, nämlich wie endlich auch sein eigenes Leben ist. Doch bei dieser Trauerfeier am Rand der Schwäbischen Alb war alles anders.

Als Bettina auf den Parkplatz Hörnle unterhalb der Burg Teck einbog, wurde sie bereits von Marianne und Leonie erwartet. Die beiden trugen bunte Pullis und Wanderhosen, hatten vollgepackte Tagesrucksäcke dabei und winkten Bettina mit ihren Trekkingstöcken fröhlich zu. Wie es aussah, hatten die zwei schon auf der Fahrt viel Spaß gehabt.

Auch Bettina freute sich auf die bevorstehende Leichenfeier. Bevor sie hier herauf zum Treffpunkt gefahren war, hatte sie vom Tal aus einen Blick auf die Teck geworfen. Die berühmte Gipfelburg saß von hier aus gesehen so schräg auf dem nördlichen Bergsporn, als könne sie jeden Moment den Halt verlieren und ins Tal herunterrutschen. Im Licht der Abendsonne leuchteten die Burgmauern und der hohe Turm mit dem spitzen Dach in einem einladenden Orangeton, der auch Bettinas Herz wärmte. Seit Wochen fieberte sie diesem Tag entgegen. Er würde für alle unvergesslich werden.

Bettina parkte ihren Golf neben Leonies knallrotem Sportflitzer. Als sie ausstieg, schlang Marianne ihre fülligen Arme um sie.

»Hallo, Bettina. Heute bist du die Letzte. Dabei wohnst du gleich im Nachbarort, während Leonie und ich den weiten Weg aus Stuttgart hergekommen sind.« Mariannes Haut duftete nach Lavendelseife. Aus ihren Achselhöhlen aber stieg Schweißgeruch auf, obwohl ihr Trauermarsch zur Teck erst noch bevorstand. Wahrscheinlich litt sie unter Hitzewallungen.

Leonie wuschelte mit der Hand durch Bettinas Locken und half ihr, den Rucksack aus dem Kofferraum auszuladen. »Lasst uns endlich loslaufen«, rief sie unternehmungslustig. »Meine Füße können es kaum erwarten.« Sie streckte den rechten Arm aus, warf ihre mahagonifarbene Mähne in den Nacken und improvisierte einen Tango mit unsichtbarem Partner auf dem Parkplatz.

»Na, dann komm, du verrücktes Huhn«, sagte Marianne und hakte sich bei Leonie ein. »Wir sind schon spät dran.«

Bettina setzte den Rucksack auf und schloss sich ihren Freundinnen an. Die Frauen folgten dem asphaltierten Weg am Waldrand entlang. Von der Grillstelle zog ein würziger Duft nach Bratwurst und Steak herüber.

Marianne schnupperte genießerisch. »Mmm, köstlich.«

»Beim Leichenschmaus auf der Teck bekommst du nachher auch etwas Leckeres«, tröstete sie Leonie. »Es gibt Rehbraten und Pfifferlinge mit Semmelknödeln. Das hat mir der Wirt am Telefon erzählt, als ich unseren üblichen Tisch im Mörikesaal reserviert habe.«

Vor der Schranke verließen die Frauen den Weg und gingen über eine Wiese bis zur Sitzbank am Waldrand. Von hier hatte man einen herrlichen Panoramablick über das Tal. An schönen Tagen wie heute reichte die Aussicht bis ins Neckartal hinein und zum Stuttgarter Fernsehturm. Auf der Wiese unterhalb der Bank ließen Kinder bunte Drachen steigen. Am weiter rechts gelegenen Hörnle lieferten sich zwei Männer ein Wettrennen mit ihren Modellflugzeugen, deren knatternden Motorengeräusche die Idylle störten.

Schweigend nahmen die drei Frauen Platz. Ein paar Augenblicke lang hing jede ihren eigenen Erinnerungen nach.

»Hier hat er mich das erste Mal geküsst«, sagte Marianne und seufzte. Sie nestelte ein Taschentuch aus ihrer grünkarierten Wanderbluse und tupfte sich die Augenwinkel. »Meine Güte, das liegt jetzt schon über dreißig Jahre zurück. Kinder, wie die Zeit vergeht.«

Leonie stupste sie mit dem Ellbogen. »Das sagst du jedes Mal, wenn wir hier sitzen.«

»Mir hat er auf dieser Bank gesagt, wie sehr er mich liebt«, sagte Bettina und lächelte in sich hinein. »Es war unser erstes Wochenende hier.«

»Seht mal dort drüben.« Leonie deutete zum bewaldeten Höhenrücken schräg gegenüber. »Die Sonne hängt wie eine Blutorange über dem Käppele. Wenn die vom Himmel plumpst, rollt sie den Berghang runter und walzt Dettingen platt.«

Marianne holte einen Energieriegel aus ihrem Rucksack. »Du willst nur ablenken, Leonie«, sagte sie und biss ein Stück ab. »Aber diesmal lassen wir nicht locker. Erzähl uns endlich, was du hier mit Herbert erlebt hast!«

»Ach, Mädels. Das wollt ihr zwei gar nicht so genau wissen. Ihr werdet sonst nur neidisch«, erwiderte Leonie und grinste frech. »Vom Sonnenuntergang hab ich jedenfalls kaum was mitbekommen, weil ich immer mit dem Blick zum Wald auf Herberts Schoß saß.«

»Ts, ts«, kommentierte Marianne. »Wenn du meine Tochter wärst, Leonie, würde ich dir dein loses Mundwerk nicht durchgehen lassen.« Sie schüttelte den Kopf und verstaute den Rest des Energieriegels im Rucksack.

»Wieso tust du immer so heilig, Marianne?«, zog Leonie sie auf. »Du bist zwar fast doppelt so alt wie ich, aber auch in deinem Jahrhundert war der Sex schon erfunden. Oder habt ihr eure Söhne etwa adoptiert?«

Während die beiden ihr freundschaftliches Hickhack fortsetzten, beobachtete Bettina einige graue Wolken, die aus Richtung Beuren übers Tal herüberzogen. »Hoffentlich hält das Wetter«, sagte sie und schulterte ihren Rucksack. »Lasst uns besser weitergehen. Wir haben heute noch einiges vor.«

»Ja, du hast recht.« Marianne stemmte sich hoch. »Weiter zur nächsten Station.«

Unterwegs entdeckte Bettina violette Blüten zwischen den saftig grünen Grashalmen. »Schaut nur, wie schön die Herbstzeitlosen blühen.«

»Die sind giftig«, warnte Leonie.

»Giftig ist so manches«, gab Bettina vieldeutig zurück.

Marianne und Leonie lächelten. Sie wussten genau, worauf Bettina anspielte.

Bald bogen die drei auf den breiten Forstweg ein, der durch den Buchenwald hinauf zur Teck führte. Im dichten Blätterdach über ihnen leuchteten die ersten herbstlich verfärbten Stellen.

Beim Aufstieg tauschten die Frauen Erinnerungen aus. Bettina war nicht nach Reden zumute, trotzdem beteiligte sie sich am Gespräch.

»Wie läuft deine Tanzschule?«, fragte sie Leonie.

»Super.« Die junge Frau strahlte. »Meine Zumbakurse sind ausgebucht und den Tangoabend habe ich in den großen Saal verlegt.« Ihre Stimme nahm einen ernsten Tonfall an. »Zum Abschluss lasse ich die Band Herberts Lieblingstango spielen. Als eine Art Dankeschön. Ohne ihn hätte ich die Tanzschule nie eröffnen können und müsste weiterhin Gymnastikkurse geben.«

»Du meinst wohl ohne sein Geld«, warf Marianne ein.

Bettina deutete in den Wald. »Da vorne zwischen den Bäumen sehe ich die Schutzhütte.«

»Zeit für meinen letzten Tango mit Herbert«, sagte Leonie und rannte die letzten Meter bis zur Holzhütte, die mit ihrem Kegeldach und dem offenen Bereich in Fensterhöhe wie ein Pavillon wirkte. »Ihr werdet staunen, wenn ihr mein Outfit seht.«

Sie zog ihre Wanderschuhe aus und nahm ein Paar hochhackige rote Pumps aus ihrem Rucksack. Dann zückte sie einen Fächer, warf sich eine rotschwarze Stola um und sang eine Tangomelodie. Dazu legte sie mit einem fiktiven Tanzpartner temperamentvolle Schrittfolgen aufs Parkett hin – oder besser gesagt auf den Erdboden in der Hütte. Hin und wieder blieb sie mit ihren Absätzen an Wurzeln hängen und geriet aus dem Takt. Marianne und Bettina lehnten im Türrahmen und sahen dem Schauspiel zu.

»Als Herbert und ich das erste Mal auf die Teck hinauf sind, begann es hier zu regnen«, schwelgte Marianne in Erinnerungen. »Wir haben in dieser Hütte gewartet und uns geküsst.«

»Geknutscht, meinst du wohl«, kam es von Leonie.

Bettina lachte. »Das haben wir hier auch getan. Es war wundervoll.«

»Ein romantischer Tanz hätte mir auch gefallen«, sagte Marianne wehmütig. »Aber seine Leidenschaft fürs Tanzen hat Herbert leider erst mit Leonie entdeckt.«

»Na ja«, warf Bettina ein. »Bei unserer Hochzeit haben wir immerhin einen Walzer zustande gebracht.«

»Fertig«, rief Leonie und verharrte in einer Schlusspose. Ihr Gesicht glänzte verschwitzt, aber sie sah sehr glücklich aus.

»Jetzt ist mir klar, warum dein Rucksack heute so vollgestopft ist«, sagte Marianne, als Leonie Fächer, Stola und Pumps wieder verstaute und die Wanderschuhe zuschnürte.

Bettina sah auf ihre Armbanduhr. »Wir sollten weitergehen, damit wir rechtzeitig zum Leichenschmaus auf der Teck ankommen.«

Im Mörikesaal saßen die drei vor einem der großen Panoramafenster und stießen auf Herbert an.

»Ruhe sanft, mein lieber Exmann«, brachte Marianne einen Trinkspruch aus.

Leonie fügte hinzu: »Mögen die Würmer dich ebenso mögen wie wir.«

Marianne stellte ihr Glas so energisch ab, dass der Prosecco überschwappte. »Also bitte, Leonie! Sei doch nicht so pietätlos.«

»Du, ich hab keinen Schimmer, was pie-dingsbums bedeuten soll«, sagte Leonie. »Lasst uns lieber anstoßen. Zum Wohl!«

Bei Rehrücken, Semmelknödeln mit Pfifferlingen und einer guten Flasche Trollinger sprachen Marianne und Leonie über den Verstorbenen.

»Bettina, was ist los mit dir?«, fragte Leonie schließlich. »Du bist heute ungewohnt still. Geht dir unsere Trauerfeier so nahe?«

Bettina stocherte lustlos in ihrem Salatteller. »Nein, alles in Ordnung. Mir liegt nur etwas auf dem Herzen.«

»Erzähl uns davon«, forderte Marianne sie auf. »Wir können schweigen wie ein Grab, das weißt du ja.« Als ihr aufging, wie doppeldeutig die Formulierung war, lächelte sie verschwörerisch.

»Später«, sagte Bettina. »Es soll eine Überraschung für euch werden. Lasst uns jetzt auf den Turm gehen, bevor die Dämmerung einsetzt. Wir wollen doch die schöne Aussicht noch genießen.«

Mit einer zweiten Flasche Trollinger stiegen die Frauen auf den über dreißig Meter hohen Aussichtsturm hinauf. Von der steinernen Galerie aus bewunderten sie den herrlichen Rundumblick. Im Süden erstreckte sich die Albhochfläche, östlich erhob sich der Breitenstein und die Lichter des Flughafens blinkten im Nordwesten.

Hinter dem Bergrücken der Baßgeige erkannte man die mächtige Ruine der Burg Hohenneuffen und sah am wild romantischen Albtrauf entlang.

»Absolute Alleinlage inmitten intakter Natur. Unverbaubare Aussicht«, zitierte Marianne einige Floskeln, mit denen Herbert seine Objekte im Immobilienteil anzupreisen pflegte.

Die Frauen lachten herzlich.

»Wisst ihr eigentlich, dass Herbert versucht hat, die Teck zu kaufen?«, sagte Bettina. »Er hat dem Schwäbischen Albverein ein lukratives Angebot gemacht. Die Burg wollte er in ein Landhotel verwandeln, den oberen Teil des Waldes abholzen und hier einen Golfplatz anlegen.«

»Echt jetzt?«, staunte Leonie. »Aber er fand die Teck doch so authentisch! Mir hat er ständig von der ursprünglichen Atmosphäre vorgeschwärmt.«

»Ach, Leonie! Du glaubst wohl auch noch an den Klapperstorch«, sagte Marianne und verdrehte die Augen. »Herbert hat seine Affären hier ausgelebt, eben weil es so einfach war. Und außerdem weit weg vom Killesberg und den schicken Restaurants in Stuttgart. Hier musste er nicht befürchten, von Geschäftspartnern oder seinen Kunden beim Fremdgehen erwischt zu werden.«

Eine Weile war es still, dann wandte sich Leonie an Bettina. »Hier oben hat Herbert dir den Heiratsantrag gemacht, nicht wahr?«

Marianne schnaubte. »Dabei war er damals noch mit mir verheiratet, der Schuft.«

Bettinas Blick verlor sich im violetten Abendhimmel

über der Baßgeige. »Es war ein stimmungsvoller Sonnenuntergang, noch schöner als heute. Herbert hat sich vor
mir auf den Boden gekniet und mir einen Platinring mit
einem Diamanten an den Finger gesteckt.«

»Ach, das klingt romantisch«, seufzte Leonie. »Aber
ich würde einen Lachanfall kriegen. Für mich wäre dieses
Getue viel zu altmodisch.«

»Aber Herbert war doch ziemlich altmodisch«, entgegnete Marianne. »Was hast du junges Ding dann überhaupt an ihm gefunden?«

Leonie kicherte. »Drei Dinge braucht ein Mann: Geld,
Macht und Connections. Herbert kannte jede Menge
VIPs vom VfB, Schauspieler und Politiker aus dem
Landtag, das fand ich klasse. Außerdem wusste er genau,
was Frauen im Bett wollen.« Sie hob ihr Glas und pros-
tete den anderen zu. »Gut gemacht, ihr zwei. Ihr habt
ihm alle Tricks beigebracht. Mit Herbert hatte ich einen
Höhepunkt nach dem anderen. Näch-te-lang.«

Marianne wollte ein strenges Gesicht aufsetzen,
musste aber lachen. »Stimmt, im Bett war Herbert ein
echter Teufelskerl. Schade, dass er nun keine Frau mehr
beglücken kann.«

Bettina schien unangenehm berührt. Sie drehte den anderen den Rücken zu und stellte ihr Glas auf der steinernen Balustrade ab.

»Einmal haben wir es sogar hier auf dem Turm getan.
Da drüben.« Leonie deutete dorthin, wo Bettina stand.
»Ich hab mich gegen den Pfeiler gelehnt, meinen Jeans-
rock hochgezogen und Herbert hat mir die Strapse ...«

»Jetzt reicht's aber, Leonie«, unterbrach Bettina und

trat einen Schritt zur Seite. »Eine Beziehung besteht doch aus viel mehr als nur Sex.«

Aus der Küche zog der Geruch von Pommesfett und Bratensoße herauf.

»Was ist heute eigentlich mit dir los, Bettina?«, wollte Marianne wissen. »Seit wann bist du so launisch? Kommst du langsam auch in die Wechseljahre?«

Bettina stieß einen Seufzer aus. »Bitte entschuldigt. Ich musste gerade an den Abend denken, als wir drei uns hier über den Weg gelaufen sind. Herbert mit Leonie im Arm zu sehen und dann auch noch auf dich, Marianne, seine Exfrau, zu treffen, das war ein Schock für mich.«

»Für Herbert war der Schock genauso groß. Sein Doppelleben – oder besser gesagt sein Dreifachleben – hat bis dahin reibungslos funktioniert«, sagte Marianne und schüttelte den Kopf. »Und ich blöde alte Kuh hab mir ernsthaft Hoffnungen auf eine Versöhnung gemacht, als die E-Mail mit der Einladung zu diesem Treffen kam.« Als sie an das überraschende Aufeinandertreffen zurückdachte, musste sie über sich selbst lachen. Und über ihren Exmann. »Wie dumm von Herbert, seine Verabredungen durcheinanderzubringen«, sagte sie. »Obwohl ich vermute, dass seine Sekretärin dahintersteckte. Aus Rache, weil er sie abserviert hat, als er sich in Leonie verliebte.«

Leonie hob ihr Glas. »Stoßen wir auf unser Kennenlernen an. Oder noch besser auf Herberts Bandscheibenvorfall. Ohne den hätte er meinen Rückenkurs nicht besucht. Manchmal hat Stress auch gute Folgen.«

»Genau genommen verdankst du deine Affäre mit Herbert nicht dem Stress, sondern mir«, sagte Bettina.

»Ich war es, die ihn in deinen Kurs geschickt hat. Hätte ich vorher gewusst, dass er dich dort kennenlernt… ach, das ist jetzt sowieso alles Vergangenheit.«

»Was ist das eigentlich für eine Überraschung, die du vorhin angekündigt hast?«, wollte Leonie wissen. »Verrätst du uns jetzt, worum es dabei geht?«

»Später«, vertröstete Bettina ihre Freundinnen. »Dafür gibt es genau den passenden Ort. Wenn wir dort sind, erfahrt ihr alles. Versprochen.«

Aus Respekt voreinander ließen die Frauen das Zimmer im Wanderheim aus, in dem sie mit Herbert übernachtet hatten. Im hinteren Burghof lag die vorletzte Station ihrer Totenfeier. Der romantische Platz war durch Büsche und Bäume vor den Blicken der Gäste aus dem Biergarten geschützt.

Unter einem Ahornbaum wurde selbst die abgeklärte Leonie sentimental. »Hier haben Herbert und ich vor fünf Jahren das Picknick veranstaltet. Hier habe ich ihn zum letzten Mal geküsst, bevor er starb. Er konnte voll krass küssen. Ich hab jedes Mal Sternchen gesehen.«

»Nach dem tödlichen Imbiss hast du aber klugerweise die Finger von ihm gelassen«, sagte Marianne. »Um sicherzugehen, haben Bettina und ich euch von einem Fenster im ersten Stock aus mit meinem Opernglas beobachtet. Hättest du Anstalten gemacht, Herbert zu küssen, hätten wir zur Warnung dein Handy klingeln lassen. Erinnerst du dich an jenen Abend, Bettina?«

Bettina zuckte zusammen. »Entschuldige, ich war mit den Gedanken woanders. Was hast du gesagt?«

»Ich habe von Herberts letztem Abend gesprochen. Und von dem Rattengift aus deiner Garage. Leonie hat es in das Tsatsiki für Herbert gemischt.«

Damals hatten sie sich nach langen Diskussionen für Tsatsiki entschieden. Herbert liebte die scharfe Soße und ein paar Knoblauchzehen würden den bitteren Geschmack des Rattengifts überdecken. Wobei keine der Frauen aus eigener Erfahrung wusste, wie Rattengift schmeckte oder ob es überhaupt nach irgendetwas schmeckte. Aus nachvollziehbaren Gründen hatte keine davon kosten wollen.

Mit Tränen in den Augen sagte Leonie: »Als ich das Tsatsiki vorbereitet habe, trug ich extradicke Gummihandschuhe aus dem Baumarkt. Für alle Fälle hatte ich eine Atemschutzmaske auf.«

Schweigend standen die drei noch eine Weile an der Stelle, wo Herbert die tödliche Dosis mit großem Appetit verspeist hatte. Dann machten sie sich auf den Weg zur letzten Station.

Inzwischen hatten dunkelgraue Wolken den Himmel über dem Teckberg verdüstert. Als die ersten Tropfen fielen, zogen die Frauen ihre Regenjacken über. Der wenig begangene Pfad zum Gelben Felsen war mit Blättern übersät und verwandelte sich langsam in eine Rutschbahn. Trotzdem kamen die drei dank Wanderschuhen und Trekkingstöcken zügig voran und würden den südlich gelegenen Aussichts- und Kletterfelsen erreichen, bevor die Dämmerung einsetzte.

»Hier bei dem kleinen Steinbruch ist Herbert zum ersten Mal gestrauchelt.« Leonie zeigte nach rechts in den Wald. »Ein paar Meter weiter begann das Nasenbluten. Genau wie wir es vorher nachgelesen hatten.«

Vor fünf Jahren hatte Bettina eine Liste mit Informationen aus dem Internet zusammengestellt. Noch heute erinnerte sie sich an alle Symptome, an denen man diese Vergiftung erkennen konnte.

Ab und zu kamen ihnen jetzt Kletterer entgegen, die vor dem Regen flohen und Richtung Parkplatz hasteten. Den Frauen war das nur recht. So würden sie allein am Gelben Felsen sein und hätten genug Ruhe, um angemessen zu trauern.

Marianne stoppte am Beginn einer Steigung und fächelte sich Luft zu. »Wartet bitte, ich brauche eine Pause. Diese Hitzewallungen bringen mich noch um.« Unter ihrer Kapuze hingen dunkle Haarsträhnen heraus, die inzwischen klitschnass waren. Nach ein paar Schritten blieb sie erneut stehen. »Hier ist Herbert dann gestürzt«, sagte sie und drehte sich zu Bettina um. »Erinnerst du dich, wie wir den beiden von der Burg aus gefolgt sind? Aus sicherer Entfernung haben wir beobachtet, wie Herberts Kräfte langsam schwanden. Es war kein schöner Anblick, weiß Gott nicht. Aber wir mussten es tun, weil wir nicht abschätzen konnten, wie lange es dauert, bis das Gift seine volle Wirkung entfaltet.«

Leonie hielt Marianne ihren Schirm über den Kopf. »Apropos entfalten. Was hast du eigentlich mit deinem Anteil gemacht, nachdem Bettina Herbert für tot hat erklären lassen?«

»Du meinst mit meinem Schmerzensgeld?« Marianne

wischte ihre Stirn mit einem Taschentuch trocken. »Das meiste ging für die Sanierung des Hauses drauf und für die Ausbildung der Jungs. Die beiden sind auch ohne Vater richtige Prachtkerle geworden.«

»Hier geht der schmale Pfad zum Gelben Felsen ab«, sagte Leonie. »Unserer letzten Station.«

Während ihre Freundinnen schneller gingen, hatte Bettina es nicht besonders eilig. Sie wappnete sich für das, was ihr gleich bevorstand. Ein Moment, der ihr Leben verändern würde. Und auch das der beiden anderen Frauen.

»Mädels, was für ein geiler Ausblick«, rief Leonie, als sie oben auf dem Gelben Felsen ankamen. Weit und breit waren keine Kletterer mehr zu sehen. Die drei waren allein am Ziel ihres Trauermarsches. »Schaut mal, wie schön die Baßgeige aussieht. Und die Lichter da unten im Tal, das ist die Papierfabrik.«

»Pass bloß auf«, sagte sie zu Marianne, die neben sie trat. »Hier ist es tierisch rutschig.«

»Was für ein herrliches Plätzchen Erde«, stimmte Marianne zu. »Mit garantiert unverbaubarer Aussichtslage. Hier würde ich auch gern begraben werden.«

»Aber nicht neben deinem Ex, oder?«, sagte Leonie und grinste frech. Dann erstarrte sie plötzlich und drehte den Kopf ruckartig zur Seite. »Habt ihr das Geräusch auch gehört?« Sie legte die Hand ans Ohr. »Es kam von dort drüben hinter der Sitzbank. Was war das nur? Klang fast, als würde jemand husten.«

»Wahrscheinlich ein Rehbock«, erwiderte Bettina. »Oder ein anderes Tier, das wir aufgescheucht haben.«

Marianne bog mit ihrem Trekkingstock einen Busch neben der Sitzbank zur Seite. »Dort drüben steht die kleine Kiefer. Von da aus müssen wir dreißig Schritte nach Osten in den Wald rein.«

»Ich glaube, es war eher die Kiefer dort drüben«, sagte Leonie und deutete auf einen Baum ein paar Meter weiter links.

Bettina überließ die Suche ihren Freundinnen und behielt die Armbanduhr im Blick. Schließlich war es so weit. Halb acht. Sie atmete tief durch und straffte die Schultern.

»Hört mal, ihr beiden«, rief sie und winkte ihre Freundinnen zu sich. »Vorhin habe ich euch von einer Überraschung erzählt, wisst ihr noch?«

»Ach ja, stimmt«, sagte Leonie und trat näher. »Raus damit! Hat es was mit Herbert zu tun?«

Bettina räusperte sich. »Ja. In gewisser Weise schon. Also, es ist so. Es gibt einen Mann in meinem Leben, von dem ihr noch nichts wisst.«

»Gott sei Dank!«, rief Marianne und faltete die Hände wie zum Gebet vor ihrer Brust. »Ich dachte schon, du würdest immer noch um Herbert trauern. Dabei hat er dich mehr als einmal betrogen.«

Mittlerweile hatte der Regen aufgehört. Leonie machte ihren Schirm zu und wandte sich an Marianne. »Du untertreibst maßlos. Herbert hat sie viel öfter betrogen. Drei- oder viermal mindestens. Der hatte sicher noch die eine oder andere Kastanie im Feuer, von der wir nichts wussten.«

Als sie erneut das seltsame Geräusch hörte, erstarrte

sie. »Da war es wieder! Habt ihr's diesmal auch gehört? Das war kein Rehbock. Es klang eher wie …«

Sie verstummte abrupt, als sich vor ihnen die Büsche teilten und eine von Kopf bis Fuß in Dunkelgrün gekleidete Gestalt aus dem Wald heraus auf den Felssattel trat.

Marianne bekreuzigte sich und schien kurz davor, auf die Knie zu sinken. Leonie schnappte nach Luft und bekam große Augen. Auch Bettina spürte, wie der Anblick ihr naheging, obwohl sie sich seit Wochen innerlich auf diesen Augenblick vorbereitet hatte.

»Großer Gott, das kann doch nicht wahr sein!«, rief Marianne und trat einen Schritt zurück, ohne den Blick von der Gestalt zu wenden. »Herbert! Bist du von den Toten auferstanden?«

Leonie sah schockiert zu dem Mann, dessen Körper in der Felsspalte schon längst hätte verfault sein müssen. Das Haar war deutlich grauer, sein Vollbart war ungewohnt und die schwarz gerahmte Brille hatte sie noch nie an ihm gesehen. Dennoch gab es keinen Zweifel. Es war Herbert.

Bettina löste sich von ihren Freundinnen und trat neben Herbert. Er lächelte ihr zu und griff nach ihrer Hand.

Marianne und Leonie sahen fassungslos von Bettina zu Herbert und wieder zurück.

»Es ist was faul im Staate Dänemark«, sagte Marianne und stellte sich neben Leonie, die ihren Schirm anhob, als wolle sie sich verteidigen.

»Ich muss euch etwas sagen.« Bettina umfasste die Hand ihres Mannes fester. »Herbert ist gar nicht tot.«

»Na, das sehe ich auch«, kam es empört von Leonie.

»Aber wie kann das sein? Er ist doch vor unseren Augen gestorben. Und dann haben wir seine Leiche in die Felsspalte geschoben und den Baumstamm darübergelegt. Oder habe ich das alles nur geträumt?«

Bettina schüttelte den Kopf. »Nein. Alles war genau so, wie du gesagt hast. Nur dass Herbert in Wirklichkeit gar nicht tot war.«

Mariannes Gesicht wurde bleich wie Kuchenteig. »Aber das Gift! Du hast es doch Leonie gegeben und er hat es mit ihrem Tsatsiki gegessen.«

»Mondamin«, erklärte Bettina seelenruhig. »Ich habe Herbert genau erklärt, welche Symptome das Gift auslöst. Er hat nur so getan, als ob.«

Ungläubig schüttelte Leonie den Kopf. »Das kann nicht sein. Ich habe doch mit meinen eigenen Augen gesehen, wie er aus der Nase geblutet hat.«

»Das war künstliches Blut«, meldete sich Herbert zu Wort. »Ein gängiger Faschingsartikel.«

»Du hältst besser den Mund, du Scheißkerl«, brüllte Marianne ihn an.

»Ich hab's nicht übers Herz gebracht, ihn tatsächlich umzubringen«, sagte Bettina und hob wie zur Entschuldigung die Hände. »Herbert ist die Liebe meines Lebens. Ich habe ihm verziehen und nun haben wir endlich wieder zueinandergefunden.«

Marianne stampfte mit dem Fuß auf. »Von wegen zueinandergefunden, du falsche Schlange! Du wolltest ihn für dich haben, gib's zu!«

Leonie sah zu Herbert. »Aber du kannst doch nicht fünf Jahre lang in dieser Felsspalte gelegen haben?«

»Nein, natürlich nicht. Als ihr weg wart, bin ich wieder rausgeklettert. Vorher habe ich Geld beiseitegeschafft und dann bin ich mit einem falschen Pass nach Australien, weil das Finanzamt hinter mir her war. Aber ich konnte Bettina einfach nicht vergessen.« Er hob Bettinas Hand an seinen Mund und küsste ihre Finger. »An unserem Hochzeitstag habe ich sie besucht. Sie kommt mit mir. Wir fangen noch einmal neu an. Zu zweit.«

»In Australien«, kombinierte Marianne.

Herbert nickte. »Wir fliegen heute Abend. Alles, was sie braucht, ist im Kofferraum.«

Leonie warf Bettina einen ungläubigen Blick zu. »Du willst einfach abhauen, nach allem, was wir zusammen durchgestanden haben?«

Marianne packte Leonie am Arm. »Kind, verstehst du nicht«, sagte sie eindringlich. »Die beiden haben uns nach Strich und Faden betrogen!«

Herbert und Bettina steckten die Köpfe zusammen und flüsterten miteinander.

Endlich verstand Leonie. »Du elende Verräterin!«, schrie sie und hob den Schirm, um auf Bettina einzuschlagen.

Marianne zog sie rechtzeitig zur Seite und sagte leise zu ihr: »Das lassen wir uns nicht gefallen. Oder was meinst du?«

Leonie nickte. Sie überlegte kurz und sah hinüber zu der Stelle, wo die Felskante steil abfiel. Marianne folgte ihrem Blick.

»Am Fuß der Gelben Wand gibt es jede Menge Spalten«, zischte Leonie. »Da ist auch für zwei Platz. Wir brauchen nur den Autoschlüssel, dann lassen wir sie verschwinden.«

»Aber nicht in Australien«, stimmte Marianne zu. Blitzschnell trat sie zu Bettina und nahm den Autoschlüssel aus der Seitentasche ihres Rucksacks.

Leonie hob ihre Trekkingstöcke an, bis die Spitzen auf Bettinas Brust zeigten. Marianne tat es ihr gleich, nur dass ihre Stöcke auf Herbert zielten.

Das Paar wich zurück, bis es nahe an der Felskante stand. Es genügte ein energischer Stoß und die beiden rutschten vom nassen Fels. Herbert gab keinen Laut von sich. Bettina schrie auf, als sie den Halt verlor. Ihr Schrei wurde leiser und leiser, bis von unten ein dumpfer Aufschlag zu hören war. Dann war es still. Nur die Blätter rauschten im Herbstwind, als wäre nichts geschehen.

Peter Wark

# Grab – Drei Leben

Es war ein warmer Sonntag im Mai, ein Versprechen auf ein endloses Frühjahr, als ich in das Dorf zurückkehrte, in dem ich einst Svenja umgebracht hatte.

*Tiefer. Ich muss tiefer graben. Schweiß hat mein Haar getränkt und rinnt am Körper hinunter. Es ist eine warme Nacht, meine Muskeln schmerzen, körperliche Arbeit bin ich nicht gewöhnt. Der Boden ist weich, das ist mein Glück. Doch was heißt Glück? Meine Vorbereitung war gut, der Spaten erfüllt seinen Zweck, aber es ist doch anstrengender, als ich in all meinen Planspielen angenommen habe. Schmerzen vergehen, das, was ich getan habe, ist dagegen ein unumstößlicher Fakt. Ich denke kurz an Svenjas Eltern, an ihren Bruder Georg, diesen Schleimscheißer, dann konzentriere ich mich wieder voll auf meine Aufgabe, auf dieses Grab, das ich aushebe, um Svenjas Körper auf Nimmerwiedersehen darin verschwinden zu lassen. Nicht, dass ich mich in irgendeiner Weise schuldig oder auch nur schlecht fühlen würde. Eher im Gegenteil: Ich spüre trotz der körperlichen Anstrengung eine innere Leichtigkeit. Ich habe einen exakt ausgearbeiteten Plan in die Tat umgesetzt und er hat funktioniert. Bis hierher, doch ich hege keine Zweifel, dass er bis zum Ende funktionieren wird. Das beweist mir, dass ich ein großartiger Planer bin. Ob mich die Gewissensbisse einholen werden? Ich glaube kaum. Die Entwicklung war schließlich zwangsläufig, aus meiner Sicht war sie es. Svenjas erkaltender Leib liegt wenige Meter nebenan unter den hoch und gerade gewachsenen sattgrünen Tannen, deren Zweige bis fast auf den Boden reichen. Ich habe sie auf die Plane gebettet, in die ich sie einwickeln werde, wenn meine Arbeit hier weiter fortgeschritten ist. Ihr leicht gekrümmter Körper sieht aus, als würde sie schlafen. Die ungewohnte Anstrengung verlangt mir alles ab, aber ich bleibe konzentriert und genieße meine Euphorie. Als hätte ich aufputschende Drogen genommen. Ich nehme keine Drogen. Drogen sind etwas für Schwächlinge und Versager. Zeit ist nicht mein Problem. Bis zum Morgengrauen sind es noch Stunden und hier draußen stört mich niemand. Ich habe keinerlei Angst vor Entdeckung. Dazu ist alles viel zu gut geplant. Hier kommt nachts niemand raus. Wozu auch? Es gibt andere, die haben schon im Vorfeld ganze Arbeit geleistet, ohne auch nur im Geringsten zu ahnen, dass ich mir das zunutze mache in dieser Nacht.*

Grab.

Was für ein seltsamer Name für einen Ort!

Und doch irgendwie bezeichnend, wenn man sich in meine Lage versetzte, dachte ich grimmig. Es gab in dieser Gegend eine ganze Ansammlung von Dörfern mit eigenartigen Namen. Jux. Siebenknie. Alfdorf.

Seit ich zuletzt in Grab gewesen war, vor so vielen Jahren, in jener letzten Nacht in Svenjas jungem Leben, hat sich in diesem Ort nicht viel verändert. Ich war ein Zeitreisender. Meine Reise führte mich in die Vergangenheit. Langsam fuhr ich die Hauptstraße entlang, was nicht allzu viel Zeit in Anspruch nahm, denn nach 200 Metern war man schon wieder aus dem Dorf draußen. Der Straßenbelag war neu, wie mir schien. Zumindest war die Straße in der Zeit ausgebaut worden, in der ich nicht mehr hier gewesen war; der Zeit, in der ich immer weniger an Svenja und an alle Umstände meines früheren Lebens gedacht hatte.

Die Erinnerungen waren schnell verblasst. Ich war jemand, der Erinnerungen wegschieben konnte wie eine Kulisse. Das hier war eine Kulisse aus meinem früheren Leben, die irgendwie aus der Zeit gefallen schien. Das Wirtshaus gab es noch. *Rössle*. So hießen die alten Gasthäuser auf dem Land früher häufig. Heute hören selbst in den abgelegensten Teilen dieses Landes die Lokale auf Namen wie *Shanghai* oder *da Toni*, *Akropolis* oder *Croatia*.

Möglich, dass der Limes-Turm drüben auf dem Heidenbuckel an den Wochenenden so viele Tagestouristen anlockte, dass sich das Geschäft für den Rössle-Wirt noch lohnte. Dazu vielleicht die Einheimischen, die nach der Singstunde oder dem Training im Verein abends auf ein Bier hierherkamen – da kann man schon überleben als Gastronom, wenn man keine allzu hohen Ansprüche stellt. Aber wer macht das schon in so einem Dorf? Wer Ansprüche an das Leben stellt, der wohnt woanders.

Von hier aus konnte man den südlich vom Ort liegenden Limes-Turm sehen, der mit seiner Lage auf über 500 Höhenmetern im wörtlichen Sinne herausragend war. Er galt als zweithöchster Geländepunkt des gesamten obergermanischen Limes. Man hatte ihn Anfang der achtziger Jahre gebaut und eine Schneise vom Ort durch den Wald geschlagen, um aller Welt oder doch zumindest den Besuchern Grabs zu demonstrieren, wie schnurgerade der römische Grenzwall einst verlaufen war. Der Turm hier war die erste Rekonstruktion eines steinernen Limes-Turms in ganz Baden-Württemberg. Früher hatten mich solche Dinge nicht interessiert, aber ich war ja auch noch jung. Das Leben hatte es nicht schlecht mit mir gemeint seit jenen längst vergangenen Tagen.

Außer mir war kein Mensch auf der Straße unterwegs – genau wie in jener Samstagnacht. Die anständigen Bürger waren wohl schon vom Frühschoppen zurück und schliefen ihren Sonntagmorgenrausch jetzt zu Hause auf der Couch aus oder sie stierten hinter ihren Vorhängen auf die Straße hinaus und fragten sich, was ein Fremder am Sonntagvormittag hier zu tun hatte. Nicht ein einziges Auto begegnete mir. Mit anderen Worten: Grab war tot.

So tot wie Svenja, deren Überreste seit so vielen Jahren drüben im ehemaligen Limes-Graben, direkt beim Turm, lagen.


*Es ist ideal. Sie heben Teile des ehemaligen Limes-Grabens aus, um ihn wieder sichtbar und damit touristisch nutzbar zu machen. Damit wollen sie an den Wochenenden gelangweilte und wissbegierige Städter anlocken oder engagierte Väter, die ihrem Nachwuchs hier etwas über die Römer erzählen und sogar Anschauungsmaterial zur Geschichte bieten können. Sie bereiten sozusagen das Feld für mich. Tiefer als bisher werden sie nicht mehr graben. Nächste Woche wollen sie den Graben wieder weitgehend zuschütten und dann eine kleine Mauer nach historischem Vorbild bauen. Das habe ich recherchiert. Man muss sich nur ein bisschen anstrengen, dann bekommt man so etwas heraus. Wenn man sich beispielsweise bemüht, das Gemeindeblättchen in die Hände zu bekommen, dann weiß man Bescheid. Die Nacht von Samstag auf Sonntag ist ideal. Ich werde Svenja unter einem Vorwand herlocken, sie ist ja so leichtgläubig, ich werde mit ihr gemeinsam im Auto hier herauffahren und nur ich werde diesen Ort lebend wieder verlassen. Die Arbeiter, die den Graben ausheben, ahnen ja nicht, dass sie mit ihren Arbeiten mir in die Hände spielen. Hier ist der Boden schon aufgerissen und weich. Das macht es mir so viel leichter. Ich muss nur tief genug graben, dann kann ich die Leiche ablegen, wieder Boden darauf schütten und Svenja wird für immer hier liegen. Kaltes Grab in Grab.*

So viele Jahre nach den Ereignissen in jener Sommernacht hatte ich meinem fast vergessenen ersten Leben ein neues, ein zweites Leben in Berlin hinzugefügt. Weit weg von meiner Heimat, weit weg von meiner Vergangenheit. Ich hatte Maja geheiratet, hart gearbeitet und meine staatsbürgerlichen Pflichten als Steuerzahler erfüllt. Ich gefiel mir in der Rolle als gelegentlicher Sponsor karitativer Einrichtungen (welch zynischer Witz des großen Weltenlenkers, wenn es ihn denn gab). Dieses zweite Leben als karrierebewusster Unternehmensberater hätte ewig so weitergehen können. Es hat mir gepasst wie ein Maßanzug. Doch auch ein Maßanzug kann zu eng werden. Wäre ich ein duldsamerer Mensch gewesen, hätte sich alles immer so fortsetzen können. Zumindest so lange, bis sie mir meine Verwicklung in ein Verbrechen nachgewiesen hätten. Denn insgeheim wunderte ich mich gelegentlich, wenn auch selten, über mein gnädiges Schicksal. Ein Schicksal, das es mir bisher erlaubt hatte, mit meiner Geschichte und meiner Tat durchzukommen, die ja zweifelsfrei von ausgesuchter Verwerflichkeit und keineswegs von der Zwangsläufigkeit war, wie ich das früher geglaubt hatte.

Kann man sein ganzes Leben auf der Rasierklinge tanzen, ohne sich zu verletzen? Ich glaube schon. Ich bin Viktor Haller, neununddreißig Jahre alt, und ich bin ein Mörder.

Heute haben sie ganz andere wissenschaftliche Möglichkeiten, Verbrechen aufzuklären. Doch Svenja galt seit damals als vermisst und ich wusste nicht, ob ihre Eltern sie irgendwann haben für tot erklären lassen.

Sollte mich meine Geschichte jemals einholen, das habe ich mir geschworen, würde ich das als Ausdruck einer wie auch immer gearteten Gerechtigkeit akzeptieren. Keine Flucht, kein Abstreiten, das wäre entwürdigend. Sich entwürdigen zu lassen, ist etwas für Menschen, die schwächer sind als ich. Der Schatten meines Tuns lastete seit so vielen Jahren auf mir, aber er war nicht im Ansatz so erdrückend, wie man meinen sollte und wie andere Menschen ihn empfunden hätten. Ich konnte mit einer Tat, wie ich sie verübt hatte, leben und das alles andere als schlecht.

Nun hatte ich mich sozusagen in meinem dritten Leben eingerichtet. Ich war der Mann, der mal eben schnell um die Ecke gegangen war, um Zigaretten zu holen, und nie mehr zurückgekommen war. Wenn man mir vorgeworfen hätte, Maja sitzen gelassen zu haben, nun, der Vorwurf träfe ganz und gar zu. Sicher war sie in den Wochen und Monaten nach meinem Verschwinden tausend Tode gestorben, wie man so sagt. So gesehen, war ich möglicherweise nicht nur einmal zum Mörder geworden. Aber solche Gedanken waren eher philosophische und damit der Theorie zuzuordnende.

Ich nahm an, dass in erster Linie die Ungewissheit an ihr genagt hatte. Wie hätte es denn auch sonst sein sollen? Von einem Tag auf den anderen war ich aus ihrem Leben verschwunden, von diesem Planeten verschwunden, aus dem Universum verschwunden. Mich gab es nicht mehr. Jedenfalls hatte ich mein eigenes Leben zum zweiten Mal kategorisch geändert, es mit radikaler Intensität in eine neue Richtung gepresst.

Die Liebe zu Maja war anfangs durchaus real gewesen, doch wie das so ist mit der Liebe – sie ist ein fragiles Konstrukt. Der Schwung war irgendwann dahin. Die übliche Geschichte.

Maja und ich kamen so weit klar, doch ich gab mich

nicht der Illusion hin, dass das als Grundlage einer guten Ehe dauerhaft taugen konnte. Natürlich wäre eine Scheidung eine Alternative gewesen, doch ich hatte mich für den kompromisslosen Neuanfang entschieden, war spurlos, wie ich hoffen darf, aus Berlin verschwunden und lebte nun wieder im Süden, gar nicht so weit weg von meiner Heimat. Aber weit genug weg von dem Ort, der auf den grausigen Namen Grab hört, sodass keine Gefahr bestand, mit der Vergangenheit konfrontiert zu werden, doch nah genug, um in einer Dreiviertelstunde mit dem Pkw hinfahren zu können, was ich nun zum ersten Mal tat.

Der Täter kehrt immer zum Tatort zurück. Eine Theorie, der ich noch nie Glauben geschenkt hatte, sonst wäre ich schon längst wieder einmal nach Grab gekommen, an meinen Tatort. Dieses Bedürfnis hatte mich aber nie gequält, so wenig wie Albträume ob meiner Geschichte.

Dass ich dann doch hierher gefahren bin, war eher Ausdruck einer Laune als ein Anflug von drückender seelischer Last oder ähnlich simplen Gefühlen. Ich war noch nie ein Mann gewesen, der sich seinen Emotionen ergab, so wie andere, schwache Menschen.

*Ausgerechnet Jörg. Jörg, den ich seit meiner Schulzeit kenne und den ich einmal arglos einen Freund genannt habe. Natürlich sind alle Kerle scharf auf Svenja. Sie ist hübsch, ihr schmaler, aber wohlgeformter Körper mag, so stelle ich mir das vor, die Fantasie von manchem jungen*

Mann befeuern. Sich einzubilden, ihre außergewöhnliche Attraktivität könnte anderen verborgen bleiben, wäre reichlich realitätsfern. Und es ist schon gut so, schließlich schmücke ich mich gerne mit ihr. Die hellbraunen, langen, meist zu einem Pferdeschwanz gebundenen Haare rahmen ein klassisch schönes Gesicht ein. Jörg war schon in Svenja verliebt gewesen, bevor sie mit mir zusammen war. Es muss eine herbe Enttäuschung für ihn gewesen sein, als sie sich mir zuwandte. Ich bin einfach attraktiver als er und draufgängerischer. Ein echter Hengst, wie ich finde. Jörg ließ nicht locker, was mich noch immer wundert. Als ich Jörgs perfide Taktik erkannte, ihr mit einer Mischung aus Unterwürfigkeit und Verbitterung weiterhin den Hof zu machen, da war es schon zu spät gewesen. Zumindest sehe ich das heute so. Svenja hat sich verändert. Anfangs war sie mir treu, um nicht zu sagen: ergeben. Dass ich nicht mehr der Einzige für sie bin, stört mein Selbstbewusstsein zunehmend. Sie fickt seit einiger Zeit mit ihm und weiß, dass ich es weiß. Sie scheint Gefallen daran zu finden, uns beide gegeneinander auszuspielen. Ich nehme an, dass Jörg ihr eigentlich völlig egal ist. Natürlich habe ich auch was mit anderen Mädchen. Aber das ist etwas anderes. Mich betrügt man nicht. Ich bin Viktor Haller, der schon immer das bekommen hat, was er wollte. Das gilt auch und vor allem für Frauen. Jörg wird sie nicht haben; nicht auf Dauer. Keiner wird sie haben. Ich gebe zu, ich habe kurz mit dem Gedanken gespielt, Jörg umzubringen. Abgesehen davon, dass das nicht so einfach zu bewerkstelligen wäre, käme irgendwann ein anderer Jörg. Es wäre also nichts gewon-

*nen für mich. So wird Svenja für immer mir gehören – in einem bestimmten Sinn. Man wendet sich nicht einfach von Viktor Haller ab, bevor der das erlaubt.*

Ob ich hinüberfahren sollte zum Turm – an Svenjas Grab? Es barg einen gewissen Reiz für mich zu entdecken, ob dies etwas in mir auslösen würde. Das hatte ich mir schon vor der Abfahrt überlegt, so als eine Art Quiz für mich selbst: Was würde passieren, wenn ich Grab wiedersehen würde? Würde es mich zum Ort meines Verbrechens hinziehen? Ich war selbst gespannt und empfand eine Art inneres Kribbeln, eine freudige Erregung, wie einfach gestrickte Menschen sie in Erwartung eines schönen Abends oder eines ähnlich banalen Ereignisses verspüren mögen. Mich daran zu ergötzen, dass mein Handeln seit so vielen Jahren unentdeckt geblieben war, löste einen Impuls in meinem Unterleib aus, eine angenehme Erregung.

Zum wiederholten Mal fuhr ich nun bereits im Schritttempo auf der Hauptstraße entlang. Damit, konnte ich mir vorstellen, machte ich mich bei den braven Dörflern verdächtig, die mit zunehmender Nervosität das fremde Auto argwöhnisch beobachten mochten. Die Häuser hier entsprachen der schwäbischen Norm. Die älteren Gebäude den Anforderungen der Zeit entsprechend saniert, die neuen angepasst an die dörfischen Regeln. Nicht zu groß, das könnte ja als Hinweis darauf genommen werden, dass der Besitzer mit seinem Vermögen prahlt, aber auch nicht zu klein, man will ja nicht als ärmlich gelten.

Nur nicht auffallen. Das galt für Bauwerke in diesem Landstrich gleichermaßen wie für die Menschen.

Die Garagenzufahrten in ihrer unnatürlichen Sauberkeit waren ganz sicher am gestrigen Samstag von jedem Anflug von Staub befreit worden. Der Samstag, der ganze Kohorten von Hausbesitzern in diesem Bundesland besenschwingend vor ihre Häuser und in ihre Höfe trieb. Ihre Putzwut, mit der sie sich und mehr noch ihren Nachbarn beweisen konnten, dass sie rechtschaffene Bürger des Musterlandes waren, kannte keine Grenzen. Ich schaute links und ich schaute rechts, alles machte einen aufgeräumten Eindruck. Kein Blatt, kein Ast wagten es, den üblichen Umfang einer Hecke zu sprengen. Kein Grün war in der Lage, sich auf den Bürgersteig zu ergießen.

Welcher Kontrast zu Berlin!

Langsam rollte ich aus dem Dorf hinaus. Dann beschloss ich: Ja, ich wollte zum Limes-Turm hinüberfahren. Als wäre ich ein Ortsunkundiger, der tumb genug war, den ausgeschilderten Turm als die einzige Attraktion des Dorfes nicht auf Anhieb zu finden, wendete ich den Wagen. Wieder fuhr ich langsam mitten in den Ort hinein. Die ersten meiner heimlichen Zuschauer überlegten sicher spätestens jetzt, ob der Zeitpunkt gekommen war, die Polizei anzurufen.

An der Kreuzung links, nur durch eine Straße vom Rössle getrennt, befand sich eine Kirche. Auch ihre Fassade wirkte sauber wie geschleckt. Ich konnte mir gut vorstellen, dass sie mindestens einmal jährlich mit dem Dampfstrahler gründlich gereinigt wurde. Dass der

Weltmarktführer für solche Reinigungsgeräte seinen Sitz weniger als vierzig Kilometer entfernt hatte, spielte dabei wohl weniger eine Rolle als die Tatsache, dass man sich seiner Kirche nicht schämen wollte. Wenn ich mir dagegen den Zustand so mancher Kirche in Berlin vorstellte…

Im Internet hatte ich gelesen, dass noch vor zwei Jahrzehnten ein stabiler Holzbalken vor der Kirche gestanden hatte, der dazu gedacht war, dass die Gottesdienstbesucher ihre Pferde anleinen konnten. Tatsache oder Legende – es war mir egal. Ich bog rechts ab. Fuhr zum Dorf hinaus, den Limes-Turm direkt im Blick. Ließ den Friedhof rechts liegen (wieder so ein Spaß, der sich nur ironiebegabten Menschen erschließt: Auf Höhe des Ortsschildes von Grab befand sich ein Gottesacker). Dann bewegte ich mich mit dem Wagen auf eine kleine Kreuzung zu, die ich in gerader Richtung überquerte. Fünfzig Meter weiter bog ich in den kleinen Wanderparkplatz ein. Man sah sofort, dass hier die nicht mit zu viel Geldern gesegnete öffentliche Hand für das Zurückdrängen der Natur zuständig war, denn Grün aller Schattierungen wucherte links und rechts des Parkplatzes. Kein Vergleich zu den Privatgrundstücken. Ich stieg aus und horchte in mich hinein.

*Die Erde wieder zuzuschütten, das ist der einfache Teil. Sie werden übermorgen, am Montag, sowieso mit dem Bagger kommen und mit der großen Schaufel die Erde zusammenschieben. Keinem Menschen wird auffallen,* dass in dieser Nacht an diesem Platz etwas ganz Außergewöhnliches passiert ist. Außergewöhnlich in der Wahrnehmung anderer Menschen. Jetzt muss ich an meine Eltern denken. Das geschieht selten. Meine vermögenden Eltern haben es nicht leicht mit mir. Sie wissen eigentlich nichts mehr über mein Leben, seit ich mit achtzehn ausgezogen bin. Sie bedeuten mir nichts und es würde mich keine Minute stören, wäre es andersherum auch so. Doch ich habe Anhaltspunkte, dass dem nicht so ist, obwohl ich schon als Kind ein echtes Arschloch war. Diese Gedanken verscheuche ich so schnell, wie sie über mich gekommen sind. Jemanden umzubringen, gilt für normale Menschen als absolute Ausnahmesituation. In meinem Fall wird die Gehirntätigkeit noch einmal stimuliert. Dabei habe ich schon einen IQ, der extrem weit über dem Durchschnitt liegt. In diesem Augenblick bringe ich etwas zu Ende, was ich seit geraumer Zeit zu Ende bringen will. Der wolkenlose Himmel und das Mondlicht reichen aus, um mir zu sagen, dass ich keinerlei Spuren hinterlassen werde. Die Schaufel (und die Hacke, die ich im Übrigen gar nicht gebraucht hätte), packe ich in eine weitere Folie. Ich weiß, wo ich sie auf Nimmerwiedersehen entsorge. Ich bin ein Stratege.


So schlecht hatte Maja es nicht getroffen. Emotional war es am Anfang schwer für sie, kann ich mir denken, doch finanziell hatte sie ihren Schnitt gemacht, wenn ich es so formulieren darf. Materielle Werte waren ihr schon immer wichtig gewesen. Ihr gehörte nun die Berliner Wohnung mit den hohen Stuckdecken ganz alleine. Friedenau war wieder ungeheuer angesagt. Ein Kiez der vermögenden Leute und die Immobilienpreise waren explodiert, seit wir die hundertzwanzig Quadratmeter im dritten Stock eines viktorianisch anmutenden Gebäudes gekauft hatten. Maja arbeitete bei der Bank. Zuletzt war sie Gruppenleiterin, wenn sie nicht inzwischen sogar noch weiter auf der Karriereleiter nach oben gestiegen war, verfügte also sowieso über ein ordentliches Einkommen. Wenn sie meine Lebensversicherung ausbezahlt bekommen hatte, die ich vor Jahren angelegt und mit viel Grundkapital ausgestattet hatte, dann hätte sie auch kürzer treten können, ohne finanzielle Einbußen erleiden zu müssen. Sie war nie der Typ fürs Hungertuch gewesen. Sie wird, so gut kannte ich sie nach fünf Ehejahren, sich weiter in die Arbeit gestürzt haben. Sollte sie sich an meiner Versicherung freuen, ich missgönnte es ihr keine Minute. Maja wird ganz sicher darüber hinweggekommen sein, dass ihr Gatte sich in Luft aufgelöst hatte.

Meine Kreditkarten konnte ich aus nachvollziehbarem Grund ebenso wenig benutzen wie mein Handy. Ich hatte die Karten zerstückelt und das Telefon entsorgt. Das Gerät lag vermutlich noch immer auf dem Grund des Wannsees, die SIM-Karte hatte ich auf einer Autobahnfahrt aus dem Fenster geschmissen.

Maja war mir zu selbstgefällig geworden, ein Zug übrigens, den man im Allgemeinen mir zuschrieb. Dazu hatte sie sich eine kleinbürgerliche Piefigkeit zugelegt, die ich aus meiner Heimat kannte und die in meinem Leben nichts zu suchen hatte. Ihre Marotte, mir Aufgaben zuzuweisen, brachte mich schnell zur Weißglut. Ich solle den Balkon säubern, den Müll wegbringen, dem Geländer einen neuen Anstrich verpassen und ich solle gefälligst endlich den Urlaub planen und buchen. Und so weiter. Das Wort Sex tauchte in keiner ihrer Listen auf. Sie meinte das alles nicht böse, aber sie verstand zu lange nicht, dass mir das alles zu sehr in Richtung eines Kleine-Leute-Lebens ging. So machte ich mir eben Gedanken, sie zu verlassen. Gedanken, die in meinem Kopf immer detaillierter Gestalt annahmen und mich in meiner Gewissheit bestärkten, ein Stratege und alles durchdenkender Planer zu sein. Eines Tages setzte ich die Pläne in die Tat um. Es war einfach.

Als ich mein Leben mit Maja beendet hatte, bedeutete das keinesfalls, dass ich von einem Tag auf den anderen knapp bei Kasse gewesen wäre. Denn ich hatte Geld, eine erhebliche stille Reserve, von der Maja nie etwas gewusst hatte. Viel Geld. Als klar war, dass das finanzielle Glück ausgerechnet mich getroffen hatte, da reagierte ich mit kühlem Kalkül. Mir war bewusst, dass dieses Geld meine Fahrkarte in eine neue Freiheit darstellen würde. Es war wieder einer dieser Treppenwitze des Schicksals, für die ich offenbar anfälliger war als andere: Ich, ausgerechnet ich, ein Mörder und wenig empathiefähiger Ehemann und Mitmensch, hatte viel Geld im Lotto gewonnen. Eine Summe, die mir bei vernünftigem Umgang für den Rest meines Lebens, wie lange es auch dauern mag, ausreichen wird. Es war schon komisch. Da träumen Millionen Menschen Woche für Woche von einem Lotteriegewinn, der sie der Qualen ihres bisherigen Lebens entheben könnte. Ausgerechnet ich, jemand, der moralisch außerhalb aller gesellschaftlicher Toleranz stand, und dazu jemand, dem es nicht nur finanziell gut ging und der nur sporadisch aus reinen Launen heraus einen Lottoschein ausfüllte, erlebte diesen Traum als Realität. Ich hätte mir einen gehobenen Lebensstandard leisten können, doch wozu? Den Benz hatte ich bei Maja in der Garage stehen lassen und noch keinen Tag vermisst. Mein Aktiendepot musste ich ebenso gut gefüllt und unantastbar zurücklassen wie meine anderen Geldanlagen, doch die Aussicht auf ein neues, ein drittes Leben machte es mir leicht. Es ist kein schlechtes Leben für einen, der aufgrund seines Handelns eigentlich der menschlichen Gemeinschaft nicht zugehörig ist.

*Geschafft. Ich habe keine Spuren hinterlassen. Die Werkzeuge sind weg. Sie liegt unter der Erde. Ich liege zu Hause in meiner Wohnung im Bett. Die Ereignisse laufen wie ein Spielfilm vor meinem geistigen Auge ab. Ich atme ruhig. Kein Grund für erhöhten Pulsschlag. Meine Planungen sind aufgegangen. Svenja hat sich erledigt, sie wird nie mehr einem anderen gehören, der sie als Lustobjekt empfindet. Ein gutes Gefühl. Es war so einfach, sie hinaus nach Grab zu locken. Sie war vollkommen arglos. Mein Vorschlag, mit mir in einer lauen Sommernacht am Limes-Turm Sex zu haben, gewissermaßen vor historischer Kulisse, gefiel ihr ausgesprochen gut. Selbst meine bösartige Frage, ob sie dabei an Jörg oder an sonst so einen schleimigen Kerl denken würde, konnte ihr nur ein La-*

*chen entlocken. Svenja hatte ein helles Lachen, unbeküm-*
*mert und echt. Sie war unkompliziert. Dass sie gleichzei-*
*tig mit mir und Jörg und vielleicht sonst noch wem etwas*
*hatte, passte zu ihrer Unbekümmertheit. Svenja machte*
*sich keinen Kopf über die Dinge. Alles war, wie es war.*
*Auf eine gewisse Weise war sie dumm. Das störte mich*
*schon immer, ich wollte keine dumme und leichtfertige*
*Frau an meiner Seite. Wäre sie nicht so einfältig gewe-*
*sen, könnte sie noch leben. Ich liege im Bett, sehe an die*
*Decke und genieße den teuren Rotwein, den ich im Vor-*
*griff auf meinen Triumph gekauft habe. Meine nächsten*
*Schritte sehen vor, dass ich diese provinzielle Gegend ver-*
*lasse. Berlin reizt mich. Mein Studium kann ich auch dort*
*fortsetzen. Dass Svenja mir eines Tages fehlen könnte,*
*schließe ich aus. Schon als ich meine Strategie entworfen*
*habe, habe ich das ausgeschlossen. Auf dieser Welt gibt es*
*Svenjas wie Sand am Meer.*

Als ich unsere Katze stranguliert hatte, war ich in der
dritten Klasse. Ich empfand es als eine inspirierende Erfahrung. Davor hatte ich ihr die Pfoten abgeschnitten.

Einen Großteil meiner folgenden Kindheit und Jugend
habe ich mich in psychologischer Begleitung befunden.
Das Bemühen meiner Eltern, meine abartigen Neigun-
gen nicht öffentlich werden zu lassen, war von Erfolg
gekrönt. Später habe ich nie mehr ein Tier umgebracht
und außer Svenja auch keinen Menschen. Natürlich habe
ich in meinem Beruf als Unternehmensberater Schicksal
gespielt und Existenzen zerstört. Das ist Teil des Jobs,

es hat mir keine einzige unruhige Minute beschert. Die Sache mit Svenja und die mit der Katze konnte man natürlich nicht vergleichen. Bei Svenja war es eine Art Notwendigkeit, so dachte ich damals. Sie sollte einfach keinem anderen gehören, solange ich das nicht wollte. Bei der Katze war es eher ein kindliches Experiment, gepaart mit einem gewissen sadistischen Trieb. Das sei in dem Alter nicht gar so außergewöhnlich, sagte damals der Psychologe, der mich als erster untersucht hatte. Auch wenn ich noch ein Kind war, wusste ich doch, dass ich damit als reingewaschen gelten durfte.

Es war gut, dass in meiner Kindheit die jahrelange Begleitung meiner, nennen wir es mal: Besonderheiten zumindest bedingt erfolgreich war. Das Geld, das meine vermögenden Eltern für Psychiater und Therapeuten ausgegeben haben, war langfristig gesehen sicher gut angelegt. Sonst hätte ich die Probleme mit Maja vielleicht auf eine endgültigere Art gelöst, als ich es getan habe, was ja nun wirklich nicht notwendig gewesen wäre.

Die Therapeuten waren von ausgesuchter Qualität. Sie hatten es verstanden, meine schizoide Persönlichkeitsstörung in den Griff zu bekommen. Denn genau die war bei mir diagnostiziert worden. Begriffe wie Charakterneurose und Soziopathie waren mir schon in jungen Jahren geläufig, wenn sie auch immer etwas nebulös für mich geblieben waren. In der Erinnerung sah ich sowohl Svenja als auch Maja jetzt als neutrale Wesen, so als hätten sie nie in einer besonderen Weise zu meinem Leben gehört. Hin und wieder dachte ich an Maja und fragte mich, ob sie wieder jemanden haben mochte oder ob wir offiziell noch immer als verheiratet galten. Dann merkte ich jedes Mal, dass es mir völlig egal war.


*Betriebswirtschaft ist gut. Das Richtige, wenn man später etwas mit seinem Studium anfangen und richtig Geld verdienen will. In Berlin gibt es reichlich Möglichkeiten, BWL zu studieren. Wenn ich will, kann ich mich sogar schon von Anfang an spezialisieren. Meine Eltern werden natürlich nicht begeistert sein, dass ich so weit weg bin. Sie werden das Studium trotzdem finanzieren. Natürlich werden sie das tun. Es macht sie wahnsinnig, dass sie mich nicht mehr unter ihrer Kontrolle haben. Dass sie überhaupt nicht wissen, was ich so treibe. Dass ich mich so gut wie nie bei ihnen melde. Dass sie nicht Bestandteil meines Lebens sind und ich nur in ihren Gedanken Bestandteil des ihren. Wenn ich aber sage: Leute, ich brauche die Kohle und ich werde sie bestimmt für die nächsten acht bis zehn Semester brauchen, dann zahlen sie. Kein Zweifel. Sie wollen ja, dass etwas aus mir wird. Meine Eltern sind ebensolche Einfaltspinsel wie andere Eltern auch. Im Gegensatz zu anderen Eltern haben sie aber jede Menge Geld. Es fällt bei ihnen überhaupt nicht ins Gewicht, wenn sie mir jeden Monat einen Tausender nach Berlin überweisen – oder von mir aus auch zwei. Sie werden es tun. Sie wollen ja, dass es mir gut geht. Sie werden anstandslos zahlen. So, wie sie mich auch nach Kräften decken würden, wenn sie auch nur den Hauch einer Ahnung davon hätten, dass ich Svenja umgebracht habe. Sie wissen, dass sie mir vollkommen egal sind. Da-*

*bei würden sie sich für mich verbiegen, für mich lügen,*
*für mich sterben.*


Da stand ich dann also doch auf dem Parkplatz unterhalb des Limes-Turms. An einem Ort, den ich vor vielen Jahren in einer warmen Sommernacht verlassen und seither nicht mehr betreten hatte. Ein Ort, von dem ich vor einer halben Stunde noch nicht zwingend annehmen durfte, genau das zu tun. Kein anderes Auto war weit und breit zu sehen. Die Tagesausflügler kamen erst am Nachmittag.

Ich ging ein paar Schritte, hatte den majestätisch auf seinem Berg ruhenden, 15 Meter hohen Turm mit seinem quadratischen Grundriss im Blick. Der Limes-Graben schien von hier unten betrachtet zugewachsen zu sein. Tja, Svenja: Es wächst immer irgendwann Gras über jede Sache.

Ein hölzerner Wegweiser mit einem teilweise verwitterten Schild wies an meinem Standpunkt unnötigerweise den Pfad zum Turm. Um den Weg von hier aus verfehlen zu können, musste man schon blind sein. Um den Stamm des Wegweisers rankten sich Gräser und Brennnesseln. Obwohl das Frühjahr gerade erst begonnen hatte, stand das Gewächs schon erstaunlich hoch. Eine angeschraubte Blechtafel informierte darüber, dass sich der Wanderer nicht nur auf dem Weg zum Limes-Wachtturm, sondern zusätzlich auch auf dem Limes-Lehrpfad befand.

Mein Gefühl freudiger Erregung hatte sich ebenso verflüchtigt wie dessen erotische Variante, die mich vorhin

wie ein Versprechen auf ein flüchtiges Abenteuer überfallen hatte. Hier würde sich mir keine befriedigende
oder gar spirituelle Erfahrung bieten. Nein, ich hatte
nicht mehr die geringste Absicht, zu diesem Turm hin-
aufzusteigen. In diesem Moment war ich mir sicher, dass
ich nie mehr nach Grab kommen wollte.

Ich bin Viktor Haller, neununddreißig Jahre alt, und ich
bin ein Mörder. Ich lasse die Vergangenheit ruhen. Sie gehört einem anderen, meinem ersten Leben an.
    Mein drittes Leben hält noch so viel für mich bereit.

Gudrun Weitbrecht

# Der dunkle Pfad

Es war Tim Becker, der Elenas nackte Leiche fand, im
Wald, fast am Zipfel des Horns.

Auch wenn inzwischen fast zwanzig Jahre vergangen
sind, so wissen wir noch immer, wo Elena gelegen hat: In
einer trichterförmigen Erdkuhle, rechts des Weges, der
durch die Feuerbacher Weinberge am Lemberg führt.

Damals war es sofort klar, dass etwas Schreckliches
mit Elena geschehen sein musste und ihr Tod kein Unfall war.

Ihr Körper lag ausgestreckt auf der Seite, halb versteckt unter einem Gewirr von Ästen und Laub, nur ein
Arm und ein Bein schauten heraus.

Tim fand sie morgens um halb acht, zwei Tage vor
Weihnachten. In der Nacht hatte ein Sturm gewütet, der
den Wetterumsturz in einem ungewöhnlich warmen De-
zember ankündigte, begleitet durch Blitz und Donner
mit Hagelkörnern so groß wie Tennisbälle, die die Dächer mit einer Schicht aus Eis überzogen.

Wir haben später oft darüber gesprochen, über den
Sturm und das Gewitter. Auch wenn wir damals den da-
rauffolgenden Ereignissen eine Bedeutung zumaßen, die
sie ursprünglich nicht hatten, so erinnerten wir uns an
diese Nacht, wie wir in unseren Betten lagen und dem
Getöse zuhörten.

Als die Polizei ankam, antworte Tim auf die Frage, was er denn so früh im Wald zu suchen hätte, er sei mit dem Hund unterwegs gewesen. Was nicht sehr überzeugend klang, da die Familie überhaupt keinen Hund besaß. Aber das fiel niemandem außer uns Freunden auf. Später erzählte uns Tim, er wollte die von seinem Bruder geklauten Pornohefte (Tims sechs Jahre älterer Bruder hieß Jeremias, der bald darauf aus unserem Leben verschwand, zur Bundeswehr ging und vor kurzem aus Afghanistan zurückkehrte) im Gartenhaus vor seinen Eltern verstecken, damit wir sie bei unserer Silvesterfete zusammen in Ruhe anschauen konnten.

Die Geschichte mit den Heften war ebenfalls nicht sehr überzeugend, da Tims Mutter sich mittags wieder hinlegte und ab da in ihrem Schlafzimmer blieb. Sein Vater ließ sich selten blicken, er kurvte als Vertreter für Landmaschinen umher. Wir gingen in Tims Zimmer ungestört ein und aus, so als ob es unser Zuhause wäre.

Das im Sommer von meterhohem Gras umwucherte Gartenhaus stand auf einem Gütle am Horn. Wir benutzen es als Treffpunkt, wenn wir auf unseren Instrumenten üben oder einfach nur rumhängen wollten. Ab und zu tauchte ein Nachbar in den weiter entfernten Gärten auf oder es arbeitete jemand in den Weinbergen. Tims Eltern ließen uns in Ruhe. Überhaupt interessierte es unsere Erzeuger herzlich wenig, was wir so trieben, Hauptsache wir kamen pünktlich zum Abendessen und unsere Schulnoten waren gut.

Unter dem Häuschen gab es einen Keller, darin kühlten wir unseren Biervorrat, den wir heimlich aus den

elterlichen Vorräten klauten. Um es uns richtig gemütlich zu machen, schleppte Tim mit seinem Fahrrad einen
alten Teppich an. Sein Bruder, der als einziger ein Auto
besaß, wuchtete ein ausgedientes Sofa zu uns, das wir auf
dem Sperrmüll gefunden hatten. Im Winter heizten wir
mit einem Holzofen. Sein Vater besorgte uns einen Ge-
nerator, hob eine Erdhöhle aus, setzte ihn in eine Kiste
und verlegte Kabel in die Laube, damit Tim auf seiner
E-Gitarre schrammen konnte, ohne seine Mutter zu stören.

Später durchkämmte die Polizei auf der Suche nach
Elenas Kleidung die Weinberge und Gärten. Das Häus-
chen befand sich nur hundert Meter vom Fundort der
Leiche entfernt.

Elena lag im weichen Waldboden leicht gedreht auf der
Seite, Arme und Beine gespreizt. Als Tim das Gestrüpp
von ihr wegzog, sah er zum ersten Mal den prallen Hin-
tern und die Scham einer Frau, einer »lebenden« Frau.
Was natürlich de facto nicht stimmte. Ihr dunkelblondes
langes Haar verdeckte die Hälfte ihres Gesichts und brei-
tete sich über die Brüste aus.

Wie er uns später erzählte, hatte er deshalb Elena zuerst nicht erkannt, weil sie nackt war und real aussah, anders als die Fotos im Penthouse oder dem Playboy. Wir
waren vierzehn und hatten selbst unsere Mütter noch nie
nackt gesehen.

Neben der Leiche konnte der Abdruck eines Turn-
schuhs sichergestellt werden. Zu der Zeit trugen wir alle
solche Sneakers.

Doch alles, was Tim aussagte, als er danach gefragt wurde, war, dass er nahe genug kam, um Elena Georgis zu erkennen. Sie trug ein Halsband von Blutergüssen, das Abschiedsgeschenk desjenigen, der sie vergewaltigt und erwürgt und dann ihren Leichnam in dem Erdloch verscharrt hatte. Das war der Moment, als Tim ausflippte, wie er später berichtete, in die Stadt zurückrannte, um die Polizei zu alarmieren.

Noch bevor der hinzugerufene Rettungswagen vor Ort eintraf (sie zogen unverrichteter Dinge wieder ab, denn es gab nichts mehr zu retten), tauchten die ersten Schaulustigen auf. Später behauptete Tim, es wären über hundert gewesen. Tatsache aber ist, dass es höchstens zwanzig waren. Kein Wunder, kurz vor Weihnachten, wo jeder mit seinen Vorbereitungen für die Festtage beschäftigt war. Bestimmt wären es heute mehr Gaffer, im Zeitalter von Smartphone und Facebook. Vor allen Dingen im Sommer sieht es dort anders aus, dann findet an den Weinfesten eine regelrechte Völkerwanderung statt.

Zuerst kam die Jugend auf ihren Fahrrädern, auch die Kumpels aus unserer Band, Peter Wagner und Robert Maurer. Etwas später Tims Bruder Jeremias, der sein Auto weiter unten vor der Schranke am Rand des Waldes abgestellt hatte, dort wo die letzten Wohnhäuser standen. Jeremias zeigte sich sichtlich unbeteiligt. Am Schluss trudelte noch Christoph Brendle ein, der älteste von uns Freunden, der mit einer Maske von Autorität die Szenerie beobachtete. Wir schwiegen.

Inzwischen zog die Polizei eine Absperrung um die

Fundstelle. Wie sie sagten, damit keine Spuren verwischt würden, aber auch ohne die Sperre hätten wir uns nicht weiter vorgewagt.

Nach ungefähr einer weiteren halben Stunde trafen mehrere Polizisten ein, alle in Zivil. Wer schon da war, durfte bleiben, wahrscheinlich nahmen sie an, wir wären Zeugen. Was ja auch bei Tim stimmte. Weil die Schulferien begonnen hatten, gab es für uns nichts Weiteres zu tun, also schauten wir den Polizisten bei der Arbeit zu. Wie sie ein Zelt aufstellten, die Forensik-Typen den Waldboden nach Beweismaterial durchsiebten und Proben in Plastiktüten verstauten. Was mit der Leiche im Zelt geschah, konnten wir nun nicht mehr sehen.

Christoph war es, der prophezeite, dass die Polizei den Täter nicht finden würde, genauso wie es bei dem Mord an einem Mädchen in den Cannstatter Weinbergen vor ein paar Jahren gewesen war. »Sie soll ihren Vergewaltiger und Mörder gekannt haben, wie Elena auch, da bin ich mir sicher«, erklärte er mit ruhiger Sachlichkeit.

Wir staunten über seine Kenntnis des Falles, denn bisher interessierten wir uns für solche Dinge nicht. Aber wir konnten uns Christophs Überlegung nicht verschließen, die meisten von uns glaubten, dass der Mörder aus der Gegend kam. Jemand der Elena regelmäßig gesehen hatte, bei dem dunkle Fantasien freigesetzt wurden. Jemand, den sie zurückgewiesen hatte.

Wir sprachen nicht darüber, aber wir ahnten, was es ausmachte, ein Mann zu sein. Keiner von uns hatte je etwas mit einem Mädchen gehabt, geschweige denn eines geküsst (nur Robert wurde einmal bei einer Geburtstagsfeier einer seiner Schwestern von einem kleinen Mädchen, das ihn sichtlich anhimmelte, mit einem feuchten Schmatz überfallen. Wie er uns erklärte, fand er es total eklig).

Wir alle platzten damals vor Hormonen und wir hatten uns schon ein paar Mal geprügelt. Tim schlug einmal einen Jungen, der ihn beleidigt hatte, fast krankenhausreif.

Nicht, dass wir jemals zu einer Vergewaltigung oder zu einem Mord fähig gewesen wären. Wir fanden die Tat abscheulich.

Als wir wieder einmal die Umstände des Geschehens diskutierten, erklärte Peter Wagner: »Das Leben ist eine Straße, wir können rechts oder links gehen.«

Seine Aussage erstaunte uns: So nachdenklich kannten wir ihn bisher überhaupt nicht. Aber wir ahnten, dass es da auf dem Pfad einen schmalen Grat, eine Schwelle gab, die wir niemals übertreten würden.

In den folgenden Wochen schauten wir älteren Jungen oder Männern in die Augen und fragten uns: Bist du es gewesen? Kannst du es gewesen sein?

Nach etwa zwei Stunden wurde uns so kalt, dass wir uns überlegten, im Gartenhaus zu warten, ob sich noch etwas ereignen würde. Da Tim immer noch von der Polizei festgehalten und bald darauf wie ein Verbrecher im Streifenwagen abgeführt wurde, entschlossen wir uns, jeder zu sich nach Hause zu gehen und uns am nächsten Tag wieder zu treffen. (Tims Alibi für die Tatzeit entlastete ihn. Elena wurde in der Sturmnacht gegen dreiundzwanzig Uhr ermordet, zu der Zeit, als er den Notarzt für seine Mutter geholt hatte.)

Später versuchten wir uns zu erinnern, wann wir Elena das letzte Mal lebend gesehen hatten.

Elena war zwei Jahre älter als wir. Sie arbeitete in dem kleinen Tante-Emma-Laden ihrer Eltern. Er befand sich an der Ecke neben der Hauptschule, die sie vor einem Jahr verlassen hatte. Zu dem Geschäft gehörte eine gemietete Wohnung im ersten Stock des Hauses. Neben griechischen Spezialitäten wie eingelegten Oktupus, Okraschoten, mit Reis gefüllten Weinblätter (keines der Gerichte hätten unsere Mütter je gekocht), Obst und Gemüse, wurde alles angeboten, was hungrige Schüler am Morgen oder in ihrer Mittagspause verdrückten: belegte Brötchen, Butterbrezel, Schokoriegel, Chips, Lakritze, Gummibärchen oder Eis.

Wir gingen nur wegen Elena dorthin. Wenn die Ladenglocke bimmelte und wir den schwach erleuchteten Verkaufsraum betraten, erschien uns Elena in ihrer Schönheit wie ein Licht. Sie ähnelte einem Hollywoodstar, dessen Foto wir in einer Zeitschrift gesehen hatten. Wir waren alle in sie verliebt. Wenn sie lachte, bildeten sich in ihren Wangen Grübchen. Die kleine Lücke zwischen ihren Schneidezähnen störte uns nicht, im Gegenteil, wir fanden sie niedlich. Nicht dass sie mit uns flirtete, dazu waren wir viel zu jung für sie. Gutmütig steckte sie uns ab und zu, wenn ihre Eltern nicht hinsahen, einen Lolli oder ein Schokobonbon zu. Ich glaube, ihr machte die Arbeit Spaß, auch wenn sie bestimmt etwas anderes vorgezogen hätte.

Vielleicht dachten Elenas Eltern, sie könnten ihr einziges Kind vor den Gefahren der Welt beschützen, indem sie sie bei sich behielten.

Das Geschäft der Georgis blieb in den ersten Tagen nach dem schrecklichen Ereignis geschlossen, an der Tür hing ein Schild »Wegen Trauerfall geschlossen«. Als es danach wieder öffnete, fand Peter Wagner es pietätlos, aber Christoph Brendle meinte, dass die Georgis ja von irgendetwas leben müssten.

Danach beobachteten wir, wie Sensationsreporter (in ihrem Blatt nannten sie den Täter »Weihnachtskiller«) den Laden überrannten. Ein Privatfernsehsender mit einem Aufnahmeteam tauchte auf, in der irrigen Annahme etwas aus erster Hand zu erfahren. Bei Frau Georgis stießen sie aber auf Granit, deshalb befragten sie zufällige Passanten und Kunden.

Wir kauften weiterhin dort ein, nicht weil wir unsere Neugier befriedigen wollten, sondern weil wir glaubten, es Elena schuldig zu sein. Wir kauften in solchen Mengen, dass uns die Süßigkeiten nach einiger Zeit zum Hals heraushingen und wir sie wahllos an Kleinkinder verschenkten, bis ihre Mütter misstrauisch wurden. Daraufhin horteten wir sie in unseren Zimmern stapelweise.

Frau Georgis bediente uns schweigend, fast mürrisch. Sie nahm erschreckend ab, bis sie nur wie ein Schatten ihrer selbst, stumm mit spinnenartigen Fingern das Geld zählte. Als sie uns immer unheimlicher wurde, beschlossen wir, aus der Ferne weiterhin die Augen offen zu halten.

Herrn Georgis bekamen wir in den ersten Tagen nach dem Mord überhaupt nicht mehr zu Gesicht. Nur Robert Maurer, er wohnte auf der anderen Straßenseite der Georgis, sah ihn nachts mehrmals, wie er Bündel aus dem Haus schleppte. (Ein blutiges Hemd? Die vermisste Kleidung? Ein Beweisstück?) Wie Robert uns später beichtete, hatte er schon früher die Wohnung der Georgis mit dem Fernglas ausspioniert, weil er Elena in ihrem Zimmer beobachten wollte, was aber angeblich wegen ihrer zugezogenen Vorhänge unmöglich gewesen war.

In den folgenden Wochen sahen wir Herrn Georgis, wie er, fast so als ob er festgefroren wäre, unweit der Fundstelle Elenas im Wald stand und vor sich hinstarrte. Ich glaube nicht, dass er uns überhaupt erkannte.

Herr Georgis war der einzige, dessen Verhalten wir als »verdächtig« einstuften. Die Schweigsamkeit seiner Frau erschien uns wie eine Tarnung. Als die Theorie aufkam, er könnte etwas damit zu haben, argumentierte Tim dagegen: »Aber Elena ist vergewaltigt worden, das machen Väter doch nicht mit ihren Töchtern?«

Worauf Christoph entgegnete: »Auf was für einem Planeten lebst du denn?«

Wir schwiegen daraufhin betroffen.

Aber anscheinend schloss die Polizei den Vater als Täter aus. Elena musste sich gegen ihren Angreifer gewehrt haben, unter ihren Fingernägeln waren winzige Spuren einer fremden DNA gefunden worden.

Wie wir alle hatte Elena ihr ganzes Leben in unserer Stadt verbracht. Da sie aber nicht auf unsere Schule gegangen und älter gewesen war, hatte sie sich außerhalb unserer Sphäre bewegt.

In den folgenden Tagen versuchten wir, uns zu entsinnen, wie weit wir sie gekannt hatten. Natürlich gab es zufällige Begegnungen außerhalb des Ladens, aber sie reichten nicht aus, um sie tatsächlich gut zu kennen.

Wir beschlossen, alles, was mit Elenas Tod zu tun hatte, zu dokumentieren. Das Gartenhaus erschien uns dazu am sinnvollsten. Robert argumentierte, er fände es total spooky, so in der Nähe von Elenas Fundort. Schließlich überzeugten wir ihn, dass es der einzige Ort war, wo wir wie bisher ziemlich ungestört sein würden.

Zwar musizierten wir weiterhin, wenn auch ziemlich lustlos. Den Großteil der Zeit, die wir dort verbrachten, sammelten wir Zeitungsausschnitte mit Fotos von Elena (wir wunderten uns, wo die Journalisten sie her hatten), die wir an eine Pinnwand hefteten. Wir schauten sie an, tauschten Erinnerungen aus und versuchten, hinter das Geheimnis ihres Todes zu kommen.

Unsere Eltern vermieden es tunlichst, über den Mord zu sprechen. Wahrscheinlich hielten sie den sexuellen Aspekt für Vierzehnjährige als Gesprächsthema nicht geeignet oder sie hatten das Geschehen längst in ihrem Alltag verdrängt. Vielleicht dachten sie auch, die Schule müsse diese Aufgabe übernehmen. So mussten wir auf andere Quellen zurückgreifen.

Peter Wagner kannte durch seine ältere Schwester ein Mädchen, das mit Elena zur Schule gegangen und mit ihr befreundet gewesen war. Sie bediente die Kasse an einer Tankstelle und Peter passte sie ab, tat aber so, als ob die Begegnung rein zufällig sei. Das Interview nahm er heimlich mit einem tragbaren Diktiergerät auf. Amelie, so hieß das Mädchen, war sauer auf Elena.

»Wegen ihr darf ich jetzt abends nicht mehr in die Disco«, erklärte sie Peter.

Ihre Eltern hatten Angst, der »Weihnachtskiller« würde sich ein zweites Opfer suchen. Ganz zum Schluss erzählte sie auf Peters Drängen hin, dass es da einen Mann in Elenas Leben gegeben hatte. Nein, den Namen kannte sie nicht, nur die Initialen M.B. hatte ihr Elena verraten.

»Wussten Elenas Vater oder Mutter von dem Freund?«

Amelie verneinte, Elena hätte Angst vor ihren strengen Eltern gehabt und den Freund verschwiegen.

Inzwischen hatte die Schule wieder angefangen und wir trafen uns nicht mehr so häufig. Auch schien irgendwie die Luft aus dem Bestreben heraus zu sein, mit unserem Musiktalent eine professionelle Band zu gründen. Einzig die Pinnwand mit den Fotos ließen wir stehen.

Das Interesse der Bevölkerung an dem Mord ließ nach, bis er fast ganz aus dem Gedächtnis verschwunden war.

Nach dem ersten Andrang (teils aus Mitleid, sicher aber auch aus Neugier) kamen immer weniger Kunden in das Geschäft der Georgis. Sie schlossen es nach einem Jahr und kehrten mit Elenas Asche nach Griechenland zurück.

Ihr Mörder wurde nie gefunden, aber wir waren zuversichtlich, dass die Zukunft Hinweise auf ihn bringen würde.

Inzwischen sind wir erwachsen, haben studiert und

geheiratet. Einige von uns haben Kinder, außer Tim, der nach dem Tod seiner Mutter von der Schule abging, eine Lehre als Automechaniker machte und noch immer unverheiratet bei seinem dementen Vater wohnt.

In unserem Leben gibt es Ereignisse und Geschichten, die es verändern, ihm eine neue Richtung geben: Robert Maurer ist Biologielehrer und gibt Unterricht in Sexualkunde. Peter Wagner arbeitet als Pathologe in der Rechtsmedizinischen Abteilung. Christoph Brendle ging zur Polizei und ist jetzt bei der Mordkommission (was uns am wenigsten verwunderte).

Er hält uns auf dem Laufenden, falls es neue Erkenntnisse gibt oder ähnliche Taten begangen werden. Vor Kurzem berichtete er uns von einem wieder aufgerollten Fall, einem Mord an einem Mädchen in Norddeutschland, der dem an Elena gleicht. Auch diese junge Frau wurde vergewaltigt und erwürgt. Es mag wahrscheinlich nur Zufall sein, dass Jeremias Becker zu dem Zeitpunkt dort stationiert gewesen war. Wir haben uns den Eintrag des Standesamtes besorgt. Der zweite Vorname von Jeremias ist Markus.

Ab und zu treffen wir uns noch. Nur Tim fehlt. Das Grundstück mit dem Gartenhaus hat er an uns verkauft, weil er, wie er uns sagte, »keinen Bock mehr auf das alles hat.« Gelegentlich sehen wir ihn, wie er schon am frühen Nachmittag in Schieflage aus einer Kneipe kommt.

Die Fotos an der Pinnwand sind mit der Zeit verblichen, aber wir haben Elena nicht vergessen. Seine erste Liebe vergisst man nicht.

Inzwischen kann die Polizei selbst winzige Spuren

von DNA, die der Täter hinterlässt, zuordnen. Wir sind nun sicher, dass Elenas Tod nicht ungesühnt bleibt.

Letzte Woche gab es in unserer Stadt wieder einen Mord, wieder im Wald am Lemberg.

Veit Müller
# Sechs Augen

Ich habe Angst.

Es ist so dunkel.

Ich kann mich kaum bewegen. Mein rechter Arm ist eingeschlafen. Ich kann meine Beine nicht ausstrecken. Es ist so unbequem. Und die Luft ist so stickig.

Er hat mir versprochen, er wird mir nichts tun, wenn ich ruhig bleibe und alles tue, was er sagt.

Aber was wird er tun, wenn ich die Decke etwas bei-seiteschiebe, damit ich mehr Luft bekomme? Wird er mich dann umbringen, wenn mich jemand sieht, wie ich hier im Auto liege?

Wo sind wir jetzt? Noch in der Stadt? Oder irgendwo draußen? Wo bringt er mich hin? Zu sich nach Hause? Oder versteckt er mich in einer Hütte im Wald, wo niemand hinkommt? Ohne Essen. Ohne Trinken. So etwas hat schon einmal jemand getan. Ich hab es gelesen. In der Zeitung.

Ich will nach Hause, zu Mama. Sie wird sich um mich sorgen. Aber weiß sie denn überhaupt schon, dass ich nicht in der Schule bin. Sicher nicht. Wer soll es ihr denn gesagt haben?

Der Mann hat Mama bisher noch nicht angerufen und ihr gesagt, dass ich bei ihm bin. Das hätte ich mitbekommen, auch unter der Decke.

Und in der Schule wundert sich sicher auch niemand darüber, dass ich nicht da bin. Sie denken, ich bin krank und zu Hause im Bett. Aber sie haben keine Entschuldigung. Doch deshalb ruft sicher keiner bei mir zu Hause an. Erst morgen vielleicht.

Meine Freundin Lena wird mich vermissen. Aber erst in der vierten Stunde, wenn wir zusammen Sport haben. Erst dann wird sie sich wundern, dass ich nicht da bin. Aber ruft sie deshalb bei mir zu Hause an?

Ich fühle es, er fährt jetzt schneller. So schnell darf man normalerweise in der Stadt nicht fahren. Halt. Jetzt wird er wieder langsamer. Er hat angehalten. Was passiert jetzt? Der Motor ist noch an. Er sagt nichts. Er redet schon eine Weile nicht mehr mit mir.

Jetzt gibt er wieder Gas. Die Decke ist ein klein wenig zur Seite gerutscht. Licht kommt herein. Endlich. Ich bewege mich ganz leise, dass er mich nicht hört. Ich bekomme mehr Luft. Ich atme jetzt tief ein. Mit einem Auge kann ich nach draußen schauen. Ich sehe den blauen Himmel. Ein paar Wolken. Und Felsen und Bäume. Eine Burg.

Ich kenne sie.

Lichtenstein.

Da war ich einmal mit Mama und Papa. Das ist aber schon einige Zeit her. Es hat mir gefallen, im Schloss. Viele alte Rüstungen und Waffen gibt es dort. Wir sind durchs Schloss gegangen und jemand hat erzählt, dass sie es nach dem Roman eines berühmten Schriftstellers gebaut haben. Vielleicht fällt mir sein Name wieder ein, wenn ich mich anstrenge und genau überlege. Aber ich kann mich nicht richtig konzentrieren. Ich muss immer an Mama denken.

Jetzt weiß ich, wohin wir fahren. Hinauf auf die Alb.

Verdammt! Warum muss der vor mir noch anhalten. Das hätte doch noch gereicht. Jetzt stehe ich mitten in der Stadt an der Ampel. Ich schwitze und meine Hände zittern. Es ist verrückt, aber es kommt mir vor, als ob mich jeder beobachtet.

Ich muss nur ganz ruhig bleiben, man darf mir nichts anmerken. Keiner kann wissen, dass ich ein Mädchen auf der Rücksitzbank liegen habe. Ich habe eine Decke über sie geworfen, damit sie niemand sehen kann. Ich hab sie nicht gefesselt, weil sie mir versprochen hat, keine Dummheiten zu machen. Sie soll so lange unter der Decke bleiben, bis wir aus der Stadt sind. Dafür hab ich ihr versprochen, ihr nichts zu tun. Ein Deal.

Wird sie ihr Versprechen halten? Sicher wird sie das. Sie hat Angst. Angst vor mir, das hab ich in ihren Augen gesehen. Und das ist gut so, solange sie Angst hat, wird sie nicht einfach aus dem Auto springen.

Aber vielleicht schau ich doch besser kurz nach ihr.

Eine kleine Bewegung. Ich habe sie gesehen, gut, sie lebt. Klar, lebt sie noch. Es ist dumm, sich solche Gedanken zu machen. Unter einer Decke kann man nicht ersticken.

Soll ich sie fragen, wie es ihr geht? Nein, je weniger ich mit ihr rede, umso besser. Sonst kann sie zu viel über mich erzählen, später, wenn ich das Geld habe und sie wieder frei ist.

Ich weiß nicht, ob ich sie überhaupt gehen lassen kann. Sie hat mich doch gesehen. Kurz nur, aber das reicht wahrscheinlich. Sie wird der Polizei alles sagen.

Ich werde mir hinterher die Haare schneiden, ganz kurz, und mich rasieren, mein ganzes Aussehen verändern.

Ich hätte ihr die Augen verbinden sollen, aber das will ich nicht.

Sie ist noch so jung. Und sieht so nett aus. Ich will ihr nicht mehr Angst einjagen, als notwendig ist.

Aber wenn sie mich bei der Polizei genau beschreiben kann, dann werden sie mich finden. Und das darf nicht passieren.

Grün. Endlich geht es weiter. Bald bin ich aus der Stadt, dann kann niemand mehr so leicht in mein Auto schauen.

Ich muss so schnell wie möglich ihre Eltern anrufen. Ich habe nur diesen einen Tag Zeit. Ich hab mir kein Versteck für das Mädchen ausgesucht. Das ist viel zu aufwendig.

Sie sollen auch nicht viel Zeit haben, mich zu suchen. Ich fahre einfach so lange durch die Gegend, bis wir den Übergabeort besprochen haben. Heute Abend will ich das Geld haben, nur dann werde ich die Kleine laufen lassen.

Ich habe gedacht, es ist ganz einfach, eine Telefonzelle zu finden, aber es gibt ja kaum noch welche. Sie sollte auch an einem Ort stehen, wo man mich nicht so leicht sehen kann, wo ich nicht auffalle. Ich muss später das Mädchen ans Telefon holen. Sicher will ihre Mutter mit ihr reden, damit sie weiß, dass sie noch am Leben ist.

Oben auf der Alb werde ich sicher eine Telefonzelle finden, die passt. Es wird Zeit. Ich bin schon fast eine Dreiviertelstunde unterwegs.

Im nächsten Dorf halte ich an.

Die Straße, auf der ich fahre, ist ganz leer. Kein Mensch ist hier unterwegs, kein Auto weit und breit. Wann kommt endlich das nächste Dorf?

Die Gegend kenne ich.

Rechts, das Schild. Bärenhöhle.

Da war ich einmal mit meiner Tochter, vor vielen Jahren, als sie noch ein Kind war. Zuerst in der Tropfsteinhöhle und dann im Vergnügungspark mit dem Riesenrad. Das war ein schöner Tag, sie hat so viel gelacht.

Wie die Zeit vergeht. Jetzt ist sie groß und studiert. Weit weg im Norden. Aber sie kommt wieder zurück, das hat sie mir vor einem Monat versprochen. Sie hat gesagt, sie braucht meine Hilfe, weil sie sich hier etwas aufbauen will.

Wie alt war sie damals? So alt wie das Mädchen hinter mir, glaub ich. Zehn oder elf? Ich erinnere mich noch, das war die Zeit, als wir unser Haus gebaut haben und ich noch den Job als Geschäftsführer hatte. Verdammt! Hätte ich nur mehr beiseitegelegt, mehr gespart. Das Geld könnte ich jetzt brauchen.

Hätte ich doch meinen Job nicht aufgegeben und mich selbstständig gemacht. Es lief ja alles gut am Anfang. Ich hab viel verdient, zu viel wahrscheinlich, ich hab mir keine großen Gedanken gemacht. Wenn nicht diese dämliche Wirtschaftskrise plötzlich dazwischen gekommen wäre, dann hätten wir Geld bis zum Abwinken. Aber ich bin nicht rechtzeitig ausgestiegen, ich hab mich verspekuliert wie viele andere auch. Einige Zeit habe ich mich noch über die Runden retten können, aber jetzt ist alles weg. Und Aufträge habe ich auch keine mehr, es kommt nichts mehr rein.

Ich hätte es Irene gleich sagen sollen, aber ich hab's nicht fertiggebracht. Ich kann ihr doch nicht ins Gesicht sagen: He, ich bin ein Versager, ich hab unser ganzes Geld mit Aktien verspielt, wir müssen jetzt unser Haus verpfänden.

Ich hab sie angelogen. Hab diese Geschäftsreisen erfunden. Damit sie glaubt, ich arbeite noch. Aber was mache ich? Ich fahre einfach nur in der Gegend umher. Den ganzen Tag und warte, bis es endlich Abend wird, damit ich wieder nach Hause kann.

Nächste Woche muss ich zum Gerichtsvollzieher. Wenn ich bis dahin nicht das Geld habe, ist alles aus. Dann sitzen wir auf der Straße. Das wird Irene nicht mitmachen, sie wird weggehen. Und unsere Tochter geht gleich mit. Ich war doch ihr Vorbild. Der Mann, der weiß, wie man alles zu Geld macht. Aber jetzt?

Da, eine Telefonzelle. Die ist richtig. Ich drehe um und halte am besten in einer Seitenstraße.

Das Mädchen muss im Auto bleiben. Ich versuche es erst alleine.


»Hallo, wer ist dort? Ich verstehe Sie nicht sehr gut. Die Verbindung ist sehr schlecht.«

»Wie? Meine Tochter? Die ist nicht hier, die ist in der Schule.«

Was will der Typ von mir? Oder von Sara? Er spricht so leise.

»Was ist sie nicht? Wie meinen Sie das?«

»Reden Sie doch lauter. Ich höre Sie nicht.«

Wahrscheinlich ist das nur wieder so ein Spinner, der mich auf den Arm nehmen will. Oder einer von diesen Anrufern, die einem etwas andrehen wollen. Aber was hat das mit Sara zu tun?

»Was ist mit meiner Tochter? Sie ist bei Ihnen? Wieso ist sie bei Ihnen? Nein, das kann nicht sein. Ich sagte doch, sie ist in der Schule. Jetzt reden sie doch deutlicher.«

Der Typ wird mir unheimlich.

»Es rauscht in der Leitung. Ich verstehe Sie kaum.«

Sollte ich nicht besser auflegen?

»Wie? Sie wollen Geld? Wie meinen Sie das? Geld wofür? Hallo?«

Was ist jetzt los?

»Hallo?«

Die Leitung ist tot.

Wer war das?

Was mache ich jetzt? Vielleicht sollte ich sofort anrufen und nachfragen, ob Sara heute Morgen wirklich zur Schule gegangen ist. Oder mache ich mich nur lächerlich? Sara ist zuverlässig, das weiß ich. Sie würde nicht einfach von der Schule wegbleiben. Und schon gar nicht mit irgendjemand Fremdem mitgehen.

Ich rufe Wolfgang in der Firma an. Er soll herkommen. Ich habe kein gutes Gefühl. Irgendetwas ist mit Sara. Ich spüre es.

Ich rufe zuerst in der Schule an.

Er hat angehalten. Ich habe die Autotür gehört, wie sie aufgegangen ist. Er ist ausgestiegen. Ich traue mich aber nicht, nachzuschauen.

Er hat gesagt, ich soll liegen bleiben. Ich habe seine Hand auf meinem Kopf gespürt.

Wo geht er hin? Ruft er jetzt Mama an? Und sagt ihr, dass ich nicht in der Schule, sondern bei ihm bin?

Solange er nicht da ist, kann ich endlich meine Beine ausstrecken. Mein Gott, die Decke rutscht runter. Wenn er jetzt zurückkommt und sieht, dass die Decke weg ist, dann wird er mir sicher wehtun.

Er redet so freundlich, aber er ist böse, sonst hätte er mich nicht mitgenommen. Er macht mir Angst.

Ich habe kein Geräusch gehört, er ist noch nicht zurück. Ich habe Glück gehabt. Die Decke liegt jetzt wieder über mir, so wie vorher. Ich hab kurz aus dem Autofenster gesehen. Wir sind in einer kleinen Stadt oder in einem Dorf. Es stehen alte Häuser um mich herum, aber sie kommen mir nicht bekannt vor. Ich glaube, hier war ich noch nicht.

In den Häusern wohnen doch sicher Menschen. Ich könnte jetzt um Hilfe rufen. Aber würden sie mich überhaupt hören, würden sie schnell genug kommen, um mich aus dem Auto zu holen. Und wenn nicht, würde der Mann in Panik geraten und mich lieber töten, als mich freizulassen?

Ich weiß nicht, was er denkt. Ich kenne ihn nicht. Ich mag ihn nicht. Aber ich darf ihn nicht verärgern.

Ich höre Schritte. Er öffnet den Kofferraum. Ich glaube, er holt etwas heraus. Ich muss jetzt ganz still sein.

Die Autotür, jemand öffnet sie, er ist wieder da.

Es raschelt. Er stellt etwas auf den Beifahrersitz. Jetzt riecht es ganz komisch.


Warum gibt es so wenige Telefonzellen. Früher war das anders.

Und wenn ich eine finde, dann hat sie jemand zerstört, das Kabel herausgezogen.

Ich muss doch telefonieren, aber ich kann mein Handy nicht benutzen, sie könnten herausfinden, wo ich mich gerade aufhalte. Die Polizei weiß, wie man das macht.

Vielleicht hat das Mädchen ein Handy. Ich muss sie fragen.

Es wird sowieso Zeit, dass ich anhalte. Das Mädchen braucht etwas zu trinken. Und sie muss sich bewegen, sie ist sicher schon ganz steif.

Vielleicht kann ich mit dem Mädchen ein Spiel spielen und gewinne so ihr Vertrauen. Dann wird es leichter für mich. Dann muss ich nicht mehr so aufpassen.

Ich ziehe eine Mütze auf und ziehe den Kragen hoch, dann sieht sie nicht viel von meinem Gesicht.

Sollte ich ihr erzählen, warum ich das alles mache? Nein, das wäre ein Fehler.

Da vorne führt eine Straße in den Wald.

Hier kann mich niemand mit dem Mädchen sehen.

Ich brauche selbst eine Pause. Ich habe mir alles viel einfacher vorgestellt. Am Anfang war es auch einfach. Das Mädchen hatte keinen Argwohn, als ich sie fragte, ob sie mir helfen könne. Und als ich sie ins Auto stieß und sie unter die Decke drückte, hat sie nicht geschrien.

Wahrscheinlich war sie so überrascht. Oder sie hatte Angst. Jedenfalls war sie ganz still.

Als ich die Decke kurz wegzog, um ihr zu sagen, dass sie keinen Mucks von sich geben darf, da hat sie mich mit ihren großen Augen angeschaut und genickt.

In der Schule hat niemand Sara gesehen. Es muss etwas passiert sein. Sara würde nie die Schule schwänzen.

Gut, dass Wolfgang sofort gekommen ist. Ich kann das keine Sekunde länger alleine durchstehen. Er ist überzeugt, dass man Sara entführt hat und nun Geld von ihm erpressen will. Wenn das wirklich stimmt, dann war der Anrufer vorhin sicher der Entführer.

Und ich habe alles vermasselt. Aber was hätte ich denn machen sollen? Ich habe den Mann doch nicht genau verstanden, die Verbindung war dauernd gestört.

Hoffentlich ruft er bald wieder an. Ich möchte wissen, wie es Sara geht, ob es ihr gut geht, ob sie überhaupt noch lebt.

Ich muss mich zusammenreißen, ich darf jetzt nicht heulen. Wenn ich durchdrehe, ist niemandem geholfen.

Wie Wolfgang dasteht. So gerade. Er wirkt so gefasst, so selbstsicher.

Klar, er handelt so wie immer, ganz überlegt, ganz rational. Er ist immer überzeugt davon, dass er alles richtig macht.

Aber was ist denn richtig? Jetzt. In so einer Situation war doch auch Wolfgang noch nie. Musste er gleich die Polizei verständigen, warum hat er nicht noch gewartet?

Wir hätten es zuerst alleine versuchen sollen. Warum hört er nie auf mich?

Ich habe Angst, dass der Entführer Sara umbringt, wenn er merkt, dass die Polizei eingeschaltet ist.

Was ist das nur für ein Mensch, der so etwas tut?

Das Telefon klingelt.


Hauff, ja so heißt der Schriftsteller, der über das Schloss geschrieben hat. Wilhelm Hauff. Ich weiß nicht, warum mir das gerade jetzt einfällt.

Der Mann hat mich aus dem Auto geholt. Er hat sogar mit mir gespielt. Es hat mir Spaß gemacht. Ich hab lachen müssen. Er sah so komisch aus mit dieser blöden Mütze.

Ich habe ihn gefragt, warum er mich mitgenommen hat, aber er hat mir nicht geantwortet.

Sicher will er Geld. Mein Vater hat viel Geld, das glaube ich jedenfalls. Ich bekomme immer viele Geschenke, auch teure Geschenke. Das ginge nicht, wenn mein Vater nicht reich wäre. Er hat mir sogar ein Pferd versprochen, nächstes Jahr, wenn ich zwölf bin.

Papa arbeitet zu viel, er ist nur selten zu Hause, er ist immer bei der Arbeit. Das ist schade, weil ich ihn doch so mag. Wenn er da ist, ist es immer lustig. Er macht viel Blödsinn mit mir, über den ich immer so lachen muss. Jetzt hat er sicher Angst um mich.

Warum hält der Mann mich so fest am Arm? Das tut weh! Ich habe ihm doch versprochen, dass ich nicht weglaufe.

Er will telefonieren. Wahrscheinlich will er mit Mama reden und ihr sagen, dass er mich entführt hat. Er wirkt jetzt so nervös. Das sehe ich ihm an. Er zittert. Und er schwitzt. Das mag ich nicht. Ich mag keine Leute, die so stark schwitzen.

Jetzt wählt er. Es meldet sich jemand. Das muss Mama sein.

Sie wollen Zeit gewinnen. Wahrscheinlich hat die Polizei ihnen gesagt, dass sie mich hinhalten sollen. Aber ich will nicht warten. Das Geld kann für sie doch kein Problem sein. So ein großes Unternehmen. Ich hab doch seit Monaten den Aktienkurs verfolgt. Immer ging er nach oben. Und da soll nicht genügend Geld da sein?

Ich bin sogar hingefahren und hab den Vater der Kleinen beobachtet, wie er in diese große Limousine eingestiegen ist. So einen Wagen kann man sich nur leisten, wenn man viel Geld hat. Der kostet bestimmt 100 000 Euro. Und diese Villa mit dem großen Garten. Und ein Dienstmädchen und einen Gärtner haben sie auch. Ich hab mir Zeit gelassen und mir alles genau angesehen. Und dann kam das Mädchen aus dem Haus.

Ich will ihr doch nichts tun, ich will nur das Geld. Eine Million. Natürlich haben sie so viel nicht zu Hause rumliegen. Sie müssen zur Bank. Aber die wird ihnen das Geld gleich geben, da bin ich mir sicher.

Jetzt schaut mich das Mädchen wieder so an. Ich kann ihren Blick nicht ertragen.

In drei Stunden soll ich mich wieder melden, haben sie gesagt. Drei Stunden, das halt ich nicht aus. Jede Minute ist mir zu viel. Aber jetzt kann ich nicht mehr zurück.

Wenn ich die Million habe, wird alles besser.

Aber was ist, wenn sie mich finden? Werden sie auf mich schießen? Nein, ich habe doch das Mädchen bei mir. Sie ist meine Lebensversicherung. So lange sie bei mir ist, kann mir nichts passieren.

Ich habe mit Sara geredet. Jetzt weiß ich, dass sie noch lebt. Ich musste weinen, als ich ihre Stimme gehört habe. Aber sie lebt, das ist das Wichtigste. Wir haben noch eine Chance. Wir müssen jetzt alles tun, was er gesagt hat, es darf nichts schief gehen, es darf Sara nichts geschehen.

Eine Million will der Typ. Sofort. Das ist doch verrückt. Er glaubt wohl, wir haben das in der Portokasse. So viel Geld. Da muss man zur Bank, das braucht doch Zeit. Hoffentlich kapiert er das.

Aber ich will, dass Wolfgang alles tut, um diese Million zusammenzukratzen. Irgendwie. Und schnell, so schnell wie möglich.

Ich will Sara wieder haben. Gesund. Wir dürfen nichts riskieren. Geld kann man ersetzen, meine Sara nicht.

Die ganze Zeit ist die Polizei im Haus. Ich fühle mich nicht wohl dabei. Hoffentlich sind sie vorsichtig.

Er hat mir gedroht, meine Sara umzubringen, wenn ich die Polizei rufe. Die Beamten haben aber versucht, mich zu beruhigen. Sie sind sich sicher, dass er meiner Tochter nichts antut. Aber die können viel sagen. Ich habe Angst, dass er seine Drohung doch wahr macht. Wenn jemand ein kleines Mädchen entführt, dann ist er sicher auch zu so etwas fähig. Für ihn geht es doch um alles. Wenn man ihn schnappt, verschwindet er für viele Jahre hinter Gitter. Das wird er mit allen Mitteln verhindern wollen.

Ich frage mich, ob er Sara überhaupt freilässt, wenn er das Geld hat. Ist sie denn nicht viel zu gefährlich für ihn? Sie kann ihn doch identifizieren.

Ich darf nicht daran denken, was passieren kann. Es gibt keine Alternative, das Geld ist unsere einzige Chance.

Er hat telefoniert und ich auch. Ich hab mit meiner Mama geredet. Ich habe versucht, mutig zu sein, und so ruhig wie möglich mit ihr geredet. Ich möchte nicht, dass Mama sich Sorgen um mich macht. Ich hab ihr gesagt, dass ich keine Angst habe, aber sie hat trotzdem geweint.

Sie hat mir versprochen, dass Papa das Geld besorgt und ich bald wieder frei bin.

Es war schön mit Mama zu reden.

Aber dann hat der Mann mir den Telefonhörer aus der Hand genommen. Das war nicht sehr nett. Er ist jetzt überhaupt nicht mehr so nett wie am Anfang. Er schaut mich so komisch an.

Vielleicht hat er jetzt auch Angst. Er will auch nicht mehr mit mir spielen.

Wir sind wieder zum Auto zurück und fahren die ganze Zeit durch die Gegend.

Ich weiß schon lange nicht mehr, wo wir sind.

Es wird sicher auch bald dunkel.

Ich habe darauf bestanden, dass die Mutter des Mädchens mir das Geld übergibt. Sie wird vorsichtig sein und nicht die Heldin spielen wollen. Sie wird alles tun, damit sie ihr Kind wiederbekommt. Mit ihr hab ich leichtes Spiel.

Aber sie wird nicht allein sein. Die Polizei wird sie beobachten. Da bin ich mir sicher. Deshalb muss ich sie durcheinanderbringen, sie in verschiedene Richtungen schicken. Die Polizei darf den Platz, den ich mir für die Übergabe ausgesucht habe, nicht so schnell finden.

Ich habe mir alles genau angeschaut. Von dort ist es nicht weit zur Autobahn – und dann bin ich weg. Das Mädchen werde ich erst später freilassen.

Erst mal über die Grenze. Ich habe Irene gesagt, dass ich wegen der Geschäfte nicht so schnell nach Hause komme. Sie hat mir das abgenommen, da bin ich mir sicher.

Ich werde sie anrufen. Morgen.

Wenn mir vorher jemand in die Quere kommt, dann hab ich noch das Mädchen. Wenn sie mich vor der Grenze stoppen, dann ist mir alles egal. Wenn sie auf mich schießen, dann soll sie auch nicht mehr leben. Dafür werde ich sorgen, dafür habe ich alles vorbereitet.

Sie dürfen mich einfach nicht kriegen, sonst ist alles zerstört.

Verdammt, ich will, dass wir wieder so leben wie vor ein paar Jahren, dass es uns gut geht, dass wir Spaß zusammen haben, dass wir wieder lachen können, so wie früher.

Aber wenn sie mich schnappen, nehmen sie mir alles weg. Dann habe ich nichts mehr.

Und dann sollen sie auch das Mädchen nicht mehr haben.

Meine Augen! Sie brennen. Ich bin so müde, ich kann fast nicht mehr. Aber ich muss mich auf die Straße konzentrieren. Bald bin ich da.

Ich muss mich jetzt zusammenreißen. Ich muss das durchziehen.

Wann ruft er endlich an und sagt mir, wo ich hinkommen soll? Ich halte diese Warterei nicht mehr aus.

Es ist so dunkel hier auf dem Parkplatz. Kein Mensch weit und breit.

Nur die Burg da oben ist hell erleuchtet. Der Hohenzollern. Ich hab ihn schon von weitem gesehen. Er hat mich hierhergeführt. Wie er da oben auf dem Berg thront. Als ob er alles beherrscht.

Mein Gott, wie oft war ich schon in der Burg? Zehn Mal, zwanzig Mal? Jeden Besuch aus dem Ausland hab ich dorthin geschleift. Sie sollten ein Stück unserer Geschichte erleben. Die Amerikaner haben immer gestaunt, wie weit unsere Kultur zurückreicht. Ich hab ihnen den Alten Fritz gezeigt. Der liegt jetzt aber nicht mehr auf der Burg. Nach der Wiedervereinigung haben sie ihn nach Potsdam gebracht.

Ich bin schon oft an diesem Parkplatz vorbeigekommen. Auf dem Weg zur Burg. Immer war viel los. Es ist absurd. Jetzt sitze ich hier im Auto, im Dunkeln. Allein.

Bis auf die Polizei. Die wird sicher hier irgendwo in der Nähe sein.

Sie hat mich mit einem Peilsender ausgestattet. Ich habe mich zuerst geweigert, aber Wolfgang hat mich überredet, dass ich das kleine Gerät an meinem Körper tragen soll. Dann weiß die Polizei jederzeit, wo ich bin. Sie haben mir aber versprochen, sich im Hintergrund zu halten und erst einzugreifen, wenn sie sehen, dass Sara in Sicherheit ist. Der Entführer darf nicht merken, dass er beobachtet wird.

Wann ruft er endlich an und schickt mich zu dem Ort, an dem ich ihm das Geld übergeben soll?

Sicher wartet er schon hier irgendwo im Wald, um zu sehen, ob die Polizei in meiner Nähe ist. Hoffentlich haben die Beamten sich gut versteckt, hoffentlich machen sie keine Fehler.

Ich weiß, sie wollen ihn mit allen Mitteln fangen, damit er so etwas nicht wieder tun kann.

Aber ich will nur eins: meine Tochter.

Als er gesagt hat, ich soll das Geld überbringen, habe ich mich zuerst erschrocken. Aber dann hab ich gedacht, das ist besser so. Ich werde alles tun, was er sagt. Und wenn es kritisch wird, kann ich ihm immer noch anbieten, dass er mich als Geisel nimmt und Sara dafür freilässt.

Das Telefon. Endlich ruft er an.

*

»Geben Sie das Geld her.«

Der Mann trat energisch auf Nadia Richter zu. Sie wich einen Schritt zurück. Umklammerte fest die Tasche.

»Nein. Erst will ich meine Tochter sehen.«

»Die werden Sie noch früh genug sehen.«

»Nein.«

Nadia Richter zog sich weiter in die Dunkelheit zurück.

»Kommen Sie, geben Sie mir das Geld. Beruhigen Sie sich. Ihre Tochter sitzt dort drüben im Auto.«

»Ich glaube Ihnen kein Wort. Wo ist sie? Ich kann sie nicht sehen.«

»Sie hat sich auf der Rückbank versteckt. Ich habe gesagt, sie soll unten bleiben.«

»Ich will sie sehen.«

Plötzlich sprang der Mann auf Nadia Richter zu und stieß sie zu Boden. Während sie stürzte, warf sie die Tasche mit dem Geld von sich. Der Mann fluchte.

Die Tasche wirbelte durch die Luft und krachte laut auf den Boden. Durch den heftigen Aufprall platzte ihr Reißverschluss. Geldscheine fielen heraus und flatterten gleich im Wind. Der Mann versuchte, nach den Scheinen zu greifen und sie einzufangen.

Im selben Augenblick entdeckte er die ersten Fahrzeuge, die sich im hohen Tempo näherten.

Auch am Waldrand tauchten Lichter auf. Mitglieder einer Sondereinheit stürmten, schwer bewaffnet, auf ihn zu.

Der Mann schnappte sich die Tasche und stürzte mit dem Rest des Geldes zum Auto.

»Dumme Kuh«, schrie er laut.

»Wo ist mein Kind?«, brüllte Nadia Richter ihm hinterher. Sie sprang auf und wollte den Mann verfolgen.

Der Entführer hatte den Wagen bereits erreicht. Er drehte sich um.

»Ich habe doch gesagt, Sie sollen nicht die Polizei einschalten. Was jetzt passiert, daran sind nur Sie schuld.«

Nadia Richter traute sich keinen Schritt weiter.

»Bitte, bleiben Sie hier. Sie haben doch keine Chance mehr. Geben Sie auf. Oder nehmen Sie mich als Geisel. Aber bitte lassen Sie mein Kind frei«, flehte sie.

Der Mann starrte sie mit einem verzweifelten Blick an. Im nächsten Moment öffnete er die Wagentür und sprang ins Auto. Nur Sekunden später hörte Nadia Richter die Explosion, deren Wucht sie nach hinten warf. Sie sah, wie vor ihr eine Feuersäule aufstieg. Im nächsten Augenblick stand das Auto des Entführers in Flammen.

Nadia Richter richtete sich trotz der Schmerzen, die sie am ganzen Körper verspürte, auf und versuchte, sich dem brennenden Wagen zu nähern. Doch die Hitze war zu groß. Schweißtropfen liefen an ihrer Stirn herunter und vermischten sich mit ihren Tränen.

»Mein Kind«, schrie sie verzweifelt.

Die Explosion hatte auch die Polizeibeamten, die vom Waldrand herkamen, zum Stillstand gebracht. Das, was sich vor ihren Augen abspielte, hatte sie überwältigt. Sie starrten fassungslos in die lodernden Flammen.

Nadia Richter sank weinend auf den Boden. Sie schlug ihre Hände vors Gesicht.

Die Hitze war fast unerträglich. Das Auto war ein einziger Feuerball.

Nadia Richter spürte nichts mehr, fühlte nur noch eine unerträgliche Leere in sich.

Der Wald um sie herum war nun hell erleuchtet. Auch die Männer hatten sich wieder in Bewegung gesetzt. Sie näherten sich vorsichtig dem brennenden Auto, doch sie kamen zu spät. Sie konnten nichts mehr für den Mann im Auto tun.

Kurz darauf fuhren Wagen mit Blaulicht auf den Park-platz ein.

Nadia Richter kauerte immer noch auf dem Boden. Plötzlich hörte sie hinter sich eine dünne, brüchige Stimme.

»Mama, hör auf zu weinen. Ich bin doch da. Ich bin doch da.«

Sybille Baecker

# Devil's Share

Ich hatte meinem alten Leben Ade gesagt.

Und jetzt stand es wieder vor mir, nur wenige Meter entfernt: einen guten Kopf größer als ich, durchtrainierter Oberkörper und zugegebenermaßen immer noch verdammt gut aussehend.

Als ich Patrick Hauser über den alten Bad Uracher Marktplatz schlendern sah, hätte ich mich fast an meinem Cappuccino verschluckt. Unwillkürlich rutschte ich in meinem Stuhl ein Stückchen tiefer. Er schien mich noch nicht entdeckt zu haben – glücklicherweise waren die Marktstände noch nicht abgebaut und verdeckten somit den direkten Blick auf die Tische vor dem Café Ruf. Kein Grund, mich in Sicherheit zu wiegen.

Rick schien den Platz ziellos zu überqueren, aber ich war mir sicher, dass der Schein trog. Er war ein Mann, dem man einiges vorwerfen konnte, aber sicher nicht Planlosigkeit. Mein Atem kam nur noch stoßweise aus meinen Lungen und das harte Hämmern in meiner Brust war sicherlich nicht auf die unverhoffte Wiedersehensfreude zurückzuführen.

Drei Jahre lang waren Rick und ich ein Paar gewesen. Wir hatten sogar geheiratet. Allerdings hatte er mir vor unserer Hochzeit ein winziges Detail in seinem Lebenslauf verschwiegen. Dieses winzige Detail sollte unser Scheidungsgrund werden und bescherte ihm zudem einige Jahre mietfreies Wohnen. Nicht ganz so lange, wie ich es ihm durchaus gegönnt hätte. Zwölf Jahre hatte er bei der Gerichtsverhandlung vor neun Jahren kassiert. Anscheinend hatte man ihn wegen guter Führung vorzeitig entlassen. Obwohl ich im Schatten saß, begann ich zu schwitzen.

An den Fahnenmasten in der Mitte des Platzes blieb er stehen, ließ seinen Blick über die Umgebung kreisen. Es war alles liebevoll dekoriert – am Wochenende war Schäferlauf. Ein alter Schäferkarren mit drei Holzschafen war aufgestellt worden. Vor den Eingängen der Geschäfte hüteten Hartplastikhirten jeweils zwei, drei Hartplastikschafe. Plakate zierten die Schaufenster und beim Bäcker gab's Baisers in Form kleiner niedlicher Lämmer. Alle zwei Jahre fand dieses altschwäbische Volksfest statt, das ich jetzt zum dritten Mal erleben würde – vielleicht auch nicht. Das Unbehagen weitete sich allmählich zu einer Panikattacke aus. Eilig winkte ich nach der Bedienung, zahlte mein Getränk und schlich davon.

Ich machte einen großen Bogen um den Marktplatz, gelangte über Umwege zur Bahnhaltestelle. Statt mich in den nächsten Zug zu setzen und mich auf den Weg in den entferntesten Winkel Europas zu machen, ging ich durch die Unterführung zum Naturlehrpfad. Nachdem ich mich mehrfach vergewissert hatte, dass Rick mich nicht doch noch entdeckt und verfolgt hatte, verlangsamte ich meine Schritte und überlegte, was zu tun sei. Ich hatte es so satt davonzulaufen.

Ich sank auf eine Bank, sah ratlos zurück auf den Ort, in dem ich vor sechs Jahren endlich ein wenig sesshaft geworden war. Ich mochte Bad Urach mit seinen alten Fachwerkhäuschen, dem alten Marktplatz und dem Thermalbad – alles idyllisch umgeben von Hangbuchenwäldern, eingebettet im Ermstal. Es war überschaubar und herrlich unaufgeregt. Und jetzt drang Rick einfach in diesen friedlichen Ort ein und schleppte unsere Vergangenheit an wie eine alte Seuche. Mein Blick glitt hinauf zur Burgruine Hohenurach. Ich wollte nicht, dass Rick mein neues Leben ebenso demontierte wie einst Herzog Carl Eugen von Württemberg die Landesfestung. Nun, der gute Carl Eugen hatte damit eine Bedrohung abbauen wollen. Rick würde mich höchstpersönlich in Teufels Küche bringen. Ich wusste, warum er hier war. Und ich hatte die Wahl, mich ihm zu stellen oder den Rest meines Lebens auf der Flucht zu sein.

Auf dem Weg zu meiner Wohnung stoppte ich am Supermarkt und kaufte einige Backzutaten. Backen war mein Hobby, was man meiner Figur zum Glück kaum ansah. Ich war zwar keine Laufsteg-Schönheit, aber meine Rundungen waren recht gut proportioniert. Und schon mehr als einmal hatte mir ein Mann gesagt, wie gut ihm diese Rundungen gefielen. Auch Rick gehörte zu diesen Männern.

Meine bescheidene Wohnung lag im Erdgeschoss eines verputzten Reihenhäuschens im Nordwesten der Stadt: Ein schmaler Flur, Wohnzimmer, Schlafzimmer, dazu Küche und Bad. Es war bereits Abend, als ich die Tür aufschloss. Ich hängte die Jacke an die Garderobe, schleppte meine Einkäufe in die Küche und wandte mich dem kleinen Wohnraum zu. Ich hatte sein Aftershave bereits gerochen, als ich den Flur betreten hatte, und war somit wenig überrascht, als ich das Licht anknipste und Rick breitbeinig auf meinem Sessel sitzen sah. Er beherrschte noch immer die Kunst, unauffällig in eine Wohnung einzusteigen. Vermutlich hatte er die Terrassentür genommen. Kurz meldete sich in mir der Überlebensdrang und der Fluchtreflex setzte ein. Ich unterdrückte ihn. Ich war kein Mensch, der unvermeidliche Dinge unnötig vor sich herschob. Früher oder später hätte Rick mich gefunden und so kam es wenigstens nicht völlig unerwartet.

»Hallo Katja... oder, warte, nein, du hast ja deinen Namen geändert. Wie nennst du dich jetzt? Kathie. Kathie O'Donnell. Du hast den Leuten erzählt, du wärst mit einem Iren verheiratet gewesen.«

Mit einem *Irren* hätte die Wahrheit vermutlich besser getroffen.

»Was willst du?«, ging ich sofort in die Offensive. Ich hatte keine Lust, unser Wiedersehen durch unnötigen Smalltalk in die Länge zu ziehen.

Mit spöttischem Grinsen sah er zu mir auf. Er fand es nicht einmal notwendig aufzustehen. Er wusste, dass er die besseren Karten hatte. Ich war ihm körperlich unterlegen und hielt keine 44er-Magnum in der Hand.

»Mein Geld.« Seine blauen Augen bohrten sich direkt in mich hinein und glitten mit einem Anflug von Vorfreude über meinen Körper. »Alles Weitere sehen wir dann.«

Ich hielt seinem Blick stand, obwohl das Blut bereits wieder ungesund schnell durch meine Adern schoss. Interessanterweise war es nicht nur Angst, sondern auch … Verdammt, Kathie! Halt dich zurück. Du hast mit diesem Leben abgeschlossen.

»Vergiss dein Geld.« Ich ließ meinen Arm durch den Raum kreisen. »Von irgendetwas musste ich leben und Unterhalt konnte ich von dir ja nicht erwarten.«

Meine Worte ließen mich innerlich in Deckung gehen. Welcher Teufel ritt mich, ihn so zu provozieren? Aber Rick verzog lediglich einen Mundwinkel zu einem schiefen Lächeln. Anscheinend hatte er im Knast ein paar Entspannungskurse besucht oder angefangen zu meditieren. Normalerweise wäre er mir längst an die Kehle gegangen – und dann an die Wäsche. In Letzterem war er ziemlich gut. Es musste ja einen Grund gegeben haben, warum ich den Kerl damals geheiratet hatte. Ich erwiderte seinen Blick noch einen Moment lang, dann wandte ich mich ab und ging in die Küche.

Ich wusch die Zitronen, raspelte das Gelbe von der Schale, vermischte es mit Zucker, Butter und Eiern und rührte den Rest der Backzutaten hinein. Als ich den Mixer zur Seite legte, trat Rick neben mich. Er stand so dicht bei mir, dass sich unsere Schultern berührten und die Wärme seines Körpers durch meine Bluse drang. Er steckte den Zeigefinger in die Schüssel, hob damit einen Klecks Teig heraus und schob ihn sich in den Mund. Ich beobachtete ihn im diffusen Licht meiner Küchenleuchte, entdeckte kleine Fältchen um seine Augenpartie, auch das Grübchen auf seiner Wange war tiefer geworden. Ich rechnete nach. Ich war damals zweiundzwanzig Jahre alt gewesen, als ich ihn kennenlernte, er fünfundzwanzig. Drei Jahre zusammen, neun Jahre Gefängnis. Siebenunddreißig – ein Mann in den besten Jahren. Die Situation war so vertraut und gleichzeitig so irreal, dass ich blinzeln musste, um sicherzugehen, dass ich mich nicht in einem seltsamen Traum befand. Er warf mir einen Seitenblick zu. »Zitronenkuchen«, stellte er fest. »Was auch sonst?«

Seine sanfte Stimme schickte mir einen Schauer über den Rücken, den ich nicht zu deuten wagte. Ich hatte schon damals gern gebacken und dieser simple Kuchen gehörte zu meinen Standards. Er hatte es nicht vergessen.

»*Lemon Drizzle Cake*«, erwiderte ich grimmig.

»Meine kleine Irin. Das rot-blond steht dir gut.« Er legte seine Hand in meinen Nacken, streichelte zärtlich über die Haut bis hinauf zum Haaransatz und griff in meine Haare. Mit der anderen nahm er erneut Teig aus der Schüssel. Doch dieses Mal wanderte seine Hand in meine Richtung. Er drückte den Finger mit dem Teig zwischen meine Lippen. Der Griff in meinem Nacken wurde fester, sein Gesicht kam näher. Er zog seinen Finger rechtzeitig zurück, bevor ich zubeißen konnte, und drängte mich gegen die Arbeitsplatte. Ich stemmte meine Hände gegen seine Brust. Er küsste mich, fuhr mit seinen Lippen über meine Wange bis hin zu meinem Ohrläppchen.

»*I want my money*«, hauchte er mir leise ins Ohr, während seine Hände zielstrebig zu meinen Brüsten wanderten. Ich beschloss, meine Taktik zu ändern, ließ die Arme sinken, strich leicht über seine Lenden. Sein Atem wurde unruhig. Er saugte sich an meinem Hals fest. Meine Hand wanderte zwischen seine Beine – und drückte zu.

Im nächsten Augenblick brannte mein Gesicht von seiner Ohrfeige.

»Du Biest!«, fluchte er und rang nach Luft.

Ich rieb mir meine schmerzende Wange. Es war nicht das erste Mal, dass Rick mich geschlagen hatte. Eine kleine Unbeherrschtheit, die ihm hinterher meistens leidtat. Dieses Mal vermutlich nicht.

»Ich bin deine Ex-Frau und dein Geld habe ich nicht!«, schrie ich ihn an.

Er brauchte zwei, drei Atemzüge, um den Schmerz einzudämmen, funkelte mich zornig an. »Was hast du erwartet? Schwärzst mich bei den Bullen an, schaust zu, wie ich in den Knast wandere, lässt dich währenddessen scheiden und kassierst auch noch die Belohnung von der Bank. Du schuldest mir was, Kathie!« Er spukte meinen Namen auf das Linoleum.

Ich schüttelte energisch den Kopf. »Ich schulde dir gar nichts. Hättest du mir damals gesagt, dass du ein Bankräuber bist, hätte ich dich nie geheiratet!«

»Hättest du nicht?« Er sah mich stirnrunzelnd an. Seine Zweifel waren sicherlich nicht ganz unberechtigt.

Ich seufzte erschöpft. Dieses Auf und Ab in meinem Adrenalin-Haushalt machte mich fertig.

»Hast du wirklich gedacht, du kommst mit so einer Nummer durch? Hast du ernsthaft erwartet, dass ich nicht nach dir suchen würde? Und vor allem«, seine

Stimme wurde gefährlich leise, »dass ich dich nicht finden würde?«

Ich zog es vor zu schweigen.

»Du hast mich verpfiffen! Mich – deinen Ehemann!«

»Willst du mir jetzt mit Moral kommen oder was?«

Er musterte mich einen Augenblick lang schweigend, dann lenkte er unerwartet ein. »Lass uns was trinken. Du hast eine gut sortierte Bar, habe ich gesehen.«

Ich deutete auf die Teigschüssel. »Darf ich den Kuchen noch in den Ofen schieben?«

»Klar.« Er schnaubte abfällig. »Warum nicht?«

Es war absurd, diese ganze Situation war absurd. Ich stand Kuchen backend in der Küche, während mein Ex-Mann im Wohnzimmer zwei Gläser mit Whiskey füllte. Zwei Millionen Euro hatte er damals bei dem Überfall auf den Geldtransporter erbeutet und den Fahrer dabei fast zu Tode geprügelt. Das war der Punkt, warum ich nicht geschwiegen hatte.

Die Belohnung von schlappen zwanzigtausend Euro, die ich für den Tipp an die Polizei erhalten hatte, war längst aufgebraucht. Zum Glück hatte ich mir eine kleine Notreserve von Ricks Beute zur Seite schaffen können – das Geld, das er jetzt von mir haben wollte, vermutlich mit Zinsen.

Ich hatte sparsam gelebt, hatte zwischenzeitlich einen mehr schlecht als recht bezahlten Halbtagsjob als Putzfrau in der Kurklinik und verbrachte den Rest der Zeit mit wandern, lesen und backen. Kein besonders kostspieliger Lebensstil. Hin und wieder traf ich mich mit

Adam, einem Forstarbeiter und Hobby-Obstbrenner, der mich jedes Mal zu überzeugen versuchte, dass ein guter Obstbrand besser wäre als ein Irish Whiskey. Da könnte ich genauso gut Obstsalat und eine Brotzeit miteinander vergleichen. Beides schmeckte – aber eben anders. Ich liebte unsere kleinen Kabbeleien und er schlug mich nicht, wenn ich anderer Meinung war als er.

Vielleicht sollte ich Rick einfach das Geld, das ich noch hatte, geben. Aber er würde sich niemals nur mit dem Geld begnügen. Welche Chance hatte ich, mein geruhsames Leben weiterzuführen, ohne in der ständigen Angst zu leben, von Patrick Hauser bedrängt und vermutlich eines Tages in einem Anfall von Unbeherrschtheit umgebracht zu werden?

Um mir meine Chancen auszurechnen, musste ich weder Kriminalistin noch Psychologin sein. Meine Chance tendierte gegen Null. Ich fettete die Kastenform, füllte den Teig hinein, wischte automatisch den Rest mit dem Finger aus der Schüssel und grübelte vor mich hin. Mein Blick fiel auf meinen Küchenunterschrank. Ein Geschenk von Adam war dort drin.


»Kathie-Darling, wo bleibst du?«, rief sich mein Ex-Gatte wieder in Erinnerung.

Schweren Herzens schob ich den Kuchen in den Ofen und ging ins Wohnzimmer. Zwei gefüllte Gläser standen auf dem Tisch. Ich sah zu meiner Minibar. Natürlich, er hatte den Tyrconnell geöffnet. Achtzehn Jahre, Single Cask Abfüllung. Den teuersten Irish Whiskey, den ich besaß.

Ich hatte ihn für einen besonderen Moment aufheben wollen. Für einen besonders schönen Moment.

»Auf unser Wiedersehen.« Er prostete mir zu und kippte den Whiskey auf Ex hinunter. »Pah, ganz schön lasches Gesöff.«

Der Kerl hatte keine Ahnung! Der 18jährige Tyrconnell war ein ausgereifter Whiskey mit leichter Honigsüße, der natürlich im Laufe der Jahre seiner Lagerung sanftmütiger geworden war. Was man von Rick leider nicht behaupten konnte. Auch wenn er sich besser unter Kontrolle hatte, seine Brutalität und Zielstrebigkeit hatte er in den Jahren hinter Gittern ganz gewiss nicht eingebüßt.

»Willst du noch einen?«, bot ich ihm an. Es konnte nichts schaden, seine Reaktionsfähigkeit durch übermäßigen Alkoholkonsum ein wenig zu reduzieren.

»Wenn du was mit ein bisschen mehr Drive hast.«

Ich füllte ihm einen hochprozentigen Obstbrand in sein Glas und auch der verschwand innerhalb von Millisekunden in seinem Schlund.

»Wow, das ist ein Teufelszeug. Was ist mit dir?« Er deutete auf mein Glas, in dem sich noch immer ein Rest des Tyrconnell befand.

»Immer schön langsam, ich muss schließlich den Kuchen nachher noch aus dem Ofen holen und möchte mir dabei nicht die Finger verbrennen.«

»Die süßen Fingerchen.« Er bekam wieder ein gieriges Leuchten in den Augen und hielt mir sein leeres Glas hin. Als ich es nahm, packte er mein Handgelenk. Mit einem kräftigen Ruck zog er mich zu sich auf den Schoß. Er umklammerte meine Schultern, griff mir mit der freien Hand unters Kinn.

»Ich hab dich vermisst.«

Ich hatte ihn nicht vermisst, fand es aber gesünder, ihm diese Tatsache zu verschweigen. Ich sah in sein vertrautes Gesicht, roch seinen vertrauten Duft, spürte den vertrauten Griff seiner Hände. Jedenfalls hatte ich nicht den Rick vermisst, der einen Geldtransporter überfallen hatte, relativierte ich meine gedankliche Aussage und ertappte mich bei der irrationalen Sehnsucht nach ein paar Zärtlichkeiten von Patrick Hauser. Er schien den inneren Widerspruch hinter meiner Stirn zu lesen, denn in seinem Gesicht meinte ich Genugtuung zu erkennen, bevor er mich brutal von sich stieß. Ich stolperte und fiel auf die Knie. Er trat mir in die Seite. Ich versuchte, mich aufzurappeln, aber da war er schon über mir und drückte mich zu Boden. Ich sah in seine blauen Augen. Ich kannte diesen Blick. Der Duft des Kuchens zog aus dem Ofen zu uns herüber. Er würde verbrennen.

Ich hatte geduscht und Frühstück gemacht. Zum Kaffee nahm ich zwei Aspirin, um die Kopfschmerzen einzudämmen. In meinem Gesicht hatten Ricks Schläge rote Striemen hinterlassen. Er saß mir gegenüber, schien die etlichen Gläser Obstbrand, die er noch getrunken hatte, besser verkraftet zu haben, als ich gehofft hatte. Er grinste zufrieden. »Und wie vertreiben wir zwei uns heute den Tag?«

Er würde bleiben, er würde sich einnisten, er würde das nächste krumme Ding planen und mich mit reinziehen. Er sollte aus meinem Leben verschwinden! Mein Blick fiel wieder auf den Küchenunterschrank.

»Ich brauche frische Luft. Ich würde gern wandern gehen.«

»Wandern?« Er verzog das Gesicht, als hätte ich gesagt, ich wollte in die Kanalisation hinabsteigen, um dort ein verstopftes Abflussrohr zu reinigen.

»Ja, zum Wasserfall, zur Ruine Hohenurach. Man hat eine wunderschöne Aussicht von dort oben.«

»Okay, gehen wir wandern, Kathie-Darling. Ich tu doch alles, damit du glücklich bist.« Er strich mit grober Zärtlichkeit über meine Hand.

Ich biss die Zähne zusammen, schluckte eine bissige Antwort hinunter. »Dann pack ich mal ein bisschen was zum Essen ein...«

»Nur zu, Kathie«, gestattete er gnädig. Er war bester Laune. »Und vergiss die Getränke nicht. Wird ein heißer Tag heute.« Er wollte sicherlich kein Mineralwasser.

Während ich ins Wohnzimmer ging, um Whiskey und Obstbrand zu holen, hörte ich, wie er mehrmals hintereinander leise meinen Namen vor sich hersagte. Es klang seltsam vertraut und verursachte mir gleichzeitig eine Gänsehaut.


Außer uns waren nicht viele Wanderer unterwegs. Im Ort waren sie mit den letzten Vorbereitungen für den Schäferlauf beschäftigt. Die Kurgäste verweilten lieber unter den Schatten spendenden Sonnenschirmen der zahlreichen Cafés. Schulklassen, die vor den Sommerferien einen Wandertag einlegten, schafften es maximal bis zum Fuße des Uracher Wasserfalls.

Der Himmel strahlte pastellblau über uns, die Temperaturen würden dreißig Grad bis zum Mittag locker übersteigen. Zum Glück führte ein Großteil der Tour über schattige Waldwege. Es galt, mehrere Hundert Höhenmeter bis zur Ruine zu erklimmen, und der Rucksack schnitt sich hart in meine Schultern. Mein Hemd klebte schweißnass an meinem Rücken. Rick trabte locker neben mir her. Helles T-Shirt, abgeschnittene Jeans. Wie musste es für ihn sein, sich nach all den Jahren hinter Gittern wieder frei bewegen zu können?

»Guck mal, hier geht's direkt in die Hölle.« Rick zeigte auf einen Wegweiser, der an einem Baumstamm angebracht worden war.

»Und ich dachte, ich wäre schon da«, gab ich mit bitterem Sarkasmus von mir. Ich wischte mir den Schweiß von der Stirn. Rick trat dicht vor mich. Seine Pupillen schienen zu glühen. Ich hatte seinen lockeren Spruch falsch gedeutet. In ihm brodelte es.

»Wenn hier einer in der Hölle war, dann war ich das! Während du dir von meinem Geld ein schönes Leben gemacht hast.« Er verpasste mir eine Ohrfeige. Ich taumelte zurück. Er packte meinen Arm, schlug erneut zu. »Ich kann dir zeigen, wie's in der Hölle ist.«

Die nächsten Schläge prasselten auf meine Haut.

»Hör auf!« Ich hob schützend den freien Arm vor mein Gesicht. »Bitte, Rick, bitte, ich hab es nicht so gemeint.«

»Du hast es nicht so gemeint?« Er stieß mich zurück.

Ich fiel auf den Rücken, er stürzte sich auf mich, saß rittlings auf mir und hielt meine Handgelenke fest. »Wie hast du es dann gemeint?«

Meine Haut brannte. Das Blut pulsierte in meinen Adern. Tränen liefen mir übers Gesicht. Er beugte sich zu mir. Ich schloss die Augen, als er mich küsste. Ich erwiderte seinen Kuss. Ich hasste mich für das, was ich tat. Und ich hasste ihn für das, was er tat.

Seine Wut ebbte ab. Er gab meine Arme frei, wischte mit dem Finger über meine feuchten Wangen. Dann stand er auf, half mir wieder auf die Beine und klopfte den Schmutz von meiner Kleidung. Schweigend setzten wir unseren Weg zum Uracher Wasserfall fort. Über ein Kalktuffpolster stürzte das Wasser spritzend und sprühend siebenunddreißig Meter in die Tiefe. Die Felsen waren kühl und feucht. Verstohlen beobachtete ich Rick. Ein kleiner Fehltritt, ein Stoß … aber er hätte mich mitgerissen.

»Gib ma' was zu trinken.«

Ich ließ den Rucksack von den Schultern gleiten, holte eine Flasche Wasser heraus.

»Was soll ich mit dem Dreck? Ich will was zu trinken!«

»Wir haben noch einen ziemlich steilen Anstieg vor uns«, gab ich zu bedenken.

»Wir haben noch *einiges* vor uns.« Er grinste schmierig. »Solltest dich auch stärken, Kathie-Darling.«

Ich sollte ihm einen ordentlichen Stoß geben und hoffen, dass sein Sturz nicht durch Büsche und Zweige abgefangen wurde. Ich reichte ihm den Obstbrand, gönnte mir selbst zur Nervenberuhigung einen Schluck eines Midleton Redbreast.

»Wow, der brennt ja noch mehr als der von gestern.« Er warf einen anerkennenden Blick auf die Flasche in seiner Hand. »Nimm auch einen Schluck vom schwäbischen Lebenswasser«, frotzelte er. Sein Arm legte sich wieder um meine Schultern. Ich drehte den Kopf zur Seite und hoffte, dass er mich nicht zwingen würde, von dem Obstbrand zu trinken. Seine Finger grapschten nach meinem Busen und ich wand mich aus seiner Umarmung.

Er lachte. »Jetzt gehen wir die Burg erobern, mein keusches Burgfräulein.«

Wir waren beide völlig verschwitzt, als wir am frühen Nachmittag die Ruine Hohenurach erreichten. Reste einer Grillparty waren in einer Ecke zurückgelassen worden. Außer uns war lediglich ein rüstiges Rentnerpaar hier oben, das den Ausblick durch die gotischen Fenster über die schwäbische Alb genoss und uns keines Blickes würdigte. Rick ließ sich erschöpft an einem Mauervorsprung nieder, winkte mich zu sich.

»Was has'n noch so da drin, in deiner Wundertüte?«

Ich hockte mich zu ihm, öffnete meinen Rucksack und holte Brezeln, Würstchen und Käse heraus. Er aß, spülte zwischendurch mit dem Obstbrand nach, zog mich schließlich entspannt zu sich und hauchte mir einen zarten Kuss auf die Schläfe.

»Mensch, du, wir zwei, rauf auf den Berg und die Burg erobert. Wer hätt das noch vor ein paar Wochen gedacht?

Weißte, Kathie-Darling, im Knast, da hab ich oft an dich gedacht. Rick, hab ich mir gesagt, Rick, wenn du rauskommst, dann gibste ihr 'ne zweite Chance. Dann kann sie gutmachen, was sie verbockt hat.« Er küsste mich erneut auf die Wange, griff mir wieder unters Kinn und drehte mein Gesicht zu seinem. Etwas Diabolisches lag in seinem Blick. »Manchmal wollte ich dich aber auch einfach nur umbringen.« Seine Hand rutschte runter zu meiner Kehle. Er drückte zu.

»Rick…« Allein die aufsteigende Panik verursachte mir Atemnot. Ich suchte nach dem Rentnerpaar, aber die hatten sich gerade an den Abstieg gemacht.

Er drückte fester zu. Ich zerrte an seiner Hand, sah seine wild leuchtenden Augen. »Fühlt sich das gut an, Kathie-Darling?«

»Rick, bitte…«, röchelte ich flehend.

Seine Hand drückte wie eine Eisenkralle auf meine Kehle. Ich rang nach Luft. Er ließ mich zappeln, genoss meinen Kampf ein paar unendliche Sekunden. Dann ließ er mich mit einem dreckigen Lachen los. Ich hustete und keuchte atemlos. Es war Ricks altes Spiel. Gern hätte ich ihm ein paar Verwünschungen an den Kopf geworfen, aber ich hatte Angst vor weiteren Attacken.

Er trank einen gierigen Schluck von dem Obstbrand. Die Flasche war bereits zur Hälfte geleert. »Du und ich, wir dreh'n ein paar kleinere Dinger, und dann hab ich da was ganz Großes im Auge. Und wenn das klappt, Kathie-Darling, dann geht's ab in die Karibik.« Er stieß mir gegen die Schulter. »Was hältste davon? Karibik, Sonne, Sand un' Rum bis zum Umfallen.« Er trank erneut.

Ich beobachtete ihn misstrauisch. Schon allein die Sonne und der Alkohol hätten ihn fertig machen müssen. Aber er saß da mit aufrechtem Rücken an die Mauer gelehnt und fantasierte sich eine gemeinsame Zukunft mit mir zurecht.

»Was is'? Du trinks' ja gar nix. Hier.« Er hielt mir den Obstbrand vor die Nase.

Ich presste die Lippen zusammen.

»Schmollste jetzt? Oder willste lieber dein irisches Gesöff.«

Ich deutete zaghaft ein Kopfschütteln an. Rick konnte es noch nie leiden, wenn man nicht das tat, was er wollte. »Ich mag jetzt einfach nicht.«

»Entspann dich mal. Wir zwei sin' hier ganz allein auf unsrer Burg. Weißte, was wir jetzt machen könnten?«

Wir zwei konnten einiges machen, aber bestimmt nicht das, wonach ihm gerade der Sinn stand. Die letzte Nacht, der heutige Tag hatten mir gereicht. Er trank weiter, Schluck für Schluck verschwand der hochprozentige Brand in seiner Kehle. Sein Blick wurde träge, er drängte sich an mich, glitt mit den Fingern sanft über meinen Körper.

Ich saß starr neben ihm, wollte diese Sehnsucht nicht spüren, die seine Zärtlichkeit in mir entfachte. Wütend riss ich mich los, sprang auf und wich eilig ein paar Schritte zurück. Er wollte hinter mir her, strauchelte und landete auf allen Vieren.

»Uppsa«, kicherte er. Er unternahm einen zweiten Anlauf, musste sich an der Mauer festhalten. Dann stand er – leicht schwankend – und schnappte nach Luft.

»Komma her, Schätzchen.«

Nicht mehr Kathie-Darling, dafür war sein Hirn mittlerweile wohl zu benebelt.

Ich blieb, wo ich war, beobachtete ihn mit einer Mischung aus Faszination und Angst.

Er hob die Hand mit der Flasche an seine Lippen. Nur ein Teil der klaren Flüssigkeit schaffte es in seinen Mund. Er machte einen unsicheren Schritt, beugte sich vor und erbrach sich.

»Wow, die Brezeln.« Er richtete sich mühsam wieder auf, sah zu mir, zog die Augenbrauen zusammen. »Was'sn?« Er sah ziemlich blass aus um die Nase.

»Ich hab kein Handy dabei.«

»Ja, un'?« Er sah mich verwirrt an, taumelte zwei, drei Schritte zurück, sank langsam an der Mauer wieder auf den Boden. Da saß der Hüne nun vor mir und stierte mich aus glasigen Augen an.

»Ich… ein Arzt… du brauchst einen Notarzt«.

»Ach was«, kam es heiser von meinem Ex-Mann. »Weg'n 'n paar ausgekotz'er Brezeln? Da freuen sich die Vögelchen. Wir trink'n jetz' noch ein'n und dann tappsen wir zwei gemütlich wieder run'er.«

»Das glaube ich nicht.«

»Warum?« Er wedelte grinsend mit der Flasche. »Haste mich vergiftet?«

»Ja, vermutlich«, entgegnete ich mit einer plötzlichen Ruhe, die mich selbst erschreckte.

»Was soll'n das heiß'n?« Er kniff die Augen zusammen. Vielleicht hatte er Kopfschmerzen – oder bereits erste Sehschwierigkeiten.

Ich sah mit bedauerndem Lächeln auf ihn herab.

»Das is' nich' lustig!«

Ich stellte mein Lächeln ab. »Methanol ist von Ethanol geschmacklich für den Laien kaum zu unterscheiden ...«, begann ich zögernd.

Sein Gesicht verzerrte sich vor Schreck und Wut. Er wollte aufspringen. Die plötzliche Bewegung brachte umgehend den Inhalt seines Magens wieder in Wallungen.

Ich hätte mich auch gern übergeben.

Erschöpft sank Rick wieder zurück gegen die Mauer.

»Metha-was?«, fragte er ungläubig.

»Methanol. Ein Abfallprodukt, das bei der Herstellung von Obstbränden entsteht. Der Körper kann es nicht abbauen. Darum muss es während des Brennvorgangs sorgfältig vom Destillat getrennt werden.« Das hatte Adam mir mal erklärt.

»Es greift Organe und Nerven an. Führt zu Blindheit und bei extrem hoher Aufnahme zum Tod.«

»Is nich' dein Ernst.« Er starrte ungläubig auf die Flasche in seiner Hand, kämpfte mit der nächsten Übelkeitswelle.

Als ich in Irland eine Destillerie besichtigte, erklärte mir der Brenner, dass bei der jahrelangen Lagerung des Whiskeys in Holzfässern fortlaufend ein Anteil des Alkohols verdunstet. Dieser Anteil wurde liebevoll als *Angel's Share* bezeichnet. Vielleicht konnte man das bei der Destillation entstehende Methanol als *Devil's Share* bezeichnen, sinnierte ich stumm vor mich hin, während Rick sich erneut übergab.

»Man kann sich damit nach einer Wanderung die Füße einreiben«, kehrte ich mit meiner Aufmerksamkeit wieder zur Burgruine zurück, »oder den Rücken massieren, wenn man verspannt ist…« Oder einen Obstbrand damit verschneiden.

Rick strich sich über die schweißnasse Stirn. Er sah elend aus. Sein Körper wurde immer wieder von Übelkeitskrämpfen geschüttelt.

Fast tat er mir leid und ich überlegte, ob ich ihn nicht doch noch irgendwie rechtzeitig hinunter in die Klinik bringen konnte. Dann erinnerte ich mich an die vergangene Nacht und an die Schläge, die er mir nicht nur heute verpasst hatte.

»Du has' mich zwei Mal gelinkt.« Er gab eine Mischung aus Husten und ungläubigem, vielleicht auch verzweifeltem Lachen von sich.

Nun, ich hatte ihn weder gezwungen, eine Bank zu überfallen, noch den Obstbrand zu trinken, dachte ich bei mir. Aber er sah das vermutlich anders. »Jetz' is' eh scheißegal, oder?« Er nahm einen großen Schluck. Einen Moment lang trafen sich unsere Blicke, dann schloss er erschöpft die Augen.

Es dauerte noch eine ganze Weile, bis er seinen letzten Atemzug tat. Ich tauschte seinen Obstbrand gegen einen billigen Supermarkt-Fusel, schüttete einen Teil auf ihn und um ihn herum. Trotz allem, was er mir angetan hatte, fiel es mir schwer, ihn allein auf der Burg zurückzulassen. Ich fragte mich, ob man ihn rechtzeitig finden würde, bevor Füchse, Wildschweine oder Ratten an ihm genagt hatten.

Auf dem Heimweg spülte ich die Flasche am Fuße des Wasserfalls aus und entsorgte sie in einem Altglascontainer.

Unten im Ort war alles für das bevorstehende Fest bereit.

Werner Bauknecht
# Blut an Hölderlins Kopf

Wolfgang von Beiter, Professor Wolfgang von Beiter, fand den Treffpunkt gelungen. Im Garten unterhalb des Hölderlinturms, abgegrenzt vom Rest der Welt durch eine Steinmauer auf der einen Seite und den träge fließenden Neckar auf der anderen, konnte man fast den Atem des Besonderen spüren und hören.

Das Besondere, das ihm der attische Prinz, wie er Hölderlin heimlich nannte, schon sein ganzes Leben lang war. Und dessen Leben und Werk er studiert hatte, in das er hineingekrochen war, das er zu seinem alleinigen Lebensinhalt gemacht hatte.

Es gibt schlechtere Inhalte, dachte er häufig, wenn er wieder einmal feststellen musste, dass seine Umwelt ihn etwas mitleidig belächelte. Die Ausschließlichkeit, mit der er sich an seiner Lebensidee, an seinem Monument, an seinem Hölderlin abarbeitete – das fand beileibe nicht jedermanns Gefallen. Indes – ihm war das ziemlich gleichgültig, arbeitete er ja nicht, um jemandem zu gefallen oder Toleranz herauszufordern. Er arbeitete aus Liebe und Engagement, aus völliger Hinwendung zu seinem Objekt – zu Hölderlin.

Und jetzt, gerade in diesem Augenblick, war er an seinem wissenschaftlichen Höhepunkt angekommen. Er hatte, dank hartnäckiger Arbeit und, zugegebenermaßen, viel Glück, ein neues, ein entscheidendes Kapitel der Hölderlinforschung aufgeschlagen. Die letzten Jahre, die 36 Jahre im Turm, die Zeit, in der er sich Scardanelli nannte, galten bisher als die Jahre eines Wahnsinnigen. Doch er, Wolfgang von Beiter, hatte nun einen Beweis in der Hand, einen handschriftlichen Beweis Hölderlins selbst, dass dieser alle zum Narren gehalten hatte. Er war immer, all die Jahre über, ganz bei sich gewesen, und hatte alle anderen zum Narren gehalten.

»Ah, das sind Sie ja«, sagte von Beiter, und ging auf seine Verabredung zu, *die* Hölderlin-Koryphäe, die geradewegs durch das Gartentor ihm entgegentrat.

Dann, bei genauerem Hinschauen, war er doch etwas verwundert. Es wurde bereits dunkel und vom Neckar her zogen schon weiße Herbstnebel hoch. So erkannte er sein wahres Gegenüber erst spät.

»Mit Ihnen hätte ich jetzt nicht gerechnet«, sagte er, einigermaßen erstaunt. »Aber egal«, fuhr von Beiter fort und zog das Dokument aus einer Innentasche, »das hier dürfte auch Ihnen etwas sagen. Die Hölderlin-Forschung muss neu geschrieben werden.«

In diesem Augenblick zog sein Gegenüber etwas hinter dem Rücken hervor und schlug es von Beiter auf den Kopf. Noch ehe sein Körper den Boden berührte, war er bereits tot.

Hauptkommissar Gustav Nagel stand knöcheltief im Gras des Hölderlingartens. Zu seinen Füßen lag der leblose Körper Wolfgang von Beiters. Es war früh am Morgen und Nagel verfluchte den Stocherkahnfahrer, der so neugierig gewesen war, von seinem Kahn aus in den Garten zu schauen und die Leiche zu entdecken. Das hätte es auch noch ein paar Stunden später getan, bedauerte Nagel.

»Wolfgang von Beiter«, sagte sein Kollege Kommissar Frank Giesing und deutete auf die Leiche. »Ein würdiger Platz zum Sterben für ihn, würde ich sagen.«

»Wieso das denn?«

Giesing hob betont langsam die Augenbrauen, damit sein Vorgesetzter auch deutlich sein Erstaunen mitverfolgen konnte.

»Sie kennen den nicht?«

»Nun fragen Sie nicht so saublöd, sondern sagen Sie mir, was Sie wissen. Aber schnell, ich friere nämlich.«

Giesing verstand die Zeichen, er reagierte rasch.

»Der Mann isch a Spezialischt für den alte Hölderlin«, verfiel der Polizist ins schwäbische Idiom, »i glaub, der isch sogar weltbekannt. Ond jetzt isch er tot.«

»Und woher wissen Sie das?«

»Ich war mal in einem Vortrag von dem. Ich hatte damals Besuch von meinem Schwager, der ist nämlich …«.

»Ist gut, ich hab es begriffen. Aber warum bringt man so einen ollen Professor um? Bloß weil der Hölderlin auch schon tot ist, müssen das seine Jünger doch nicht gleich nachmachen.«

Der Gerichtsmediziner, der die ganze Zeit den Toten untersucht hatte, erhob sich und wandte sich dem Kommissar zu.

»Genaues weiß ich noch nicht«, sagte er und rieb sich aus irgendeinem Grund die Hände, »aber so, wie es aussieht, hat man den armen Kerl hier mit einem harten Gegenstand erschlagen. Und zwar von vorne, genau aufs Hirn. Nach den Restspuren zu urteilen, würde ich auf den ersten Blick sagen, es war ein Stein, eventuell ein harter Gipsbrocken. Die Untersuchungen werden es dann zeigen.«

»Von vorne also«, dachte der Kommissar laut, »da hat er den Täter bestimmt gekannt. Hat sich hier, an diesem saublöden Platz mit ihm getroffen und der – oder die – hat ihm dann eins auf den Schädel gegeben. Aber wer bringt eigentlich einen Professor um?«

»Ein Mörder vielleicht«, mutmaßte Giesing.

Nagel schaute ihn verächtlich an und schüttelte bloß den Kopf.

Boris Ganz von der KTU kam zu Nagel.

»Wie es aussieht, also, was die Fußspuren sagen, waren hier drei Personen versammelt. Der Tote und dann noch zwei, also gibt es vermutlich zwei Mörder. Oder einen Mörder und einen Mitwisser und Beobachter. Schuhgrößen und so untersuchen wir noch.«

Nagel nickte, dann drehte er sich um und verließ Hölderlins Garten. Giesing folgte ihm und gemeinsam stapften sie die Stufen hoch in die Bursagasse. Dort hatten sie ihren Wagen geparkt. Nagel setzte sich hinters Steuer, Giesing auf den Beifahrersitz.

»Und jetzt«, fragte Giesing.

»Jetzt gucken wir uns mal das Leben des Toten an.«


Im Präsidium beauftragte Nagel die Kollegen und Kolleginnen, alles zusammenzutragen, was es über von Beiter zu wissen gab. Nach ein paar Stunden lag ein Stapel Computerausdrucke auf dem Schreibtisch des Kommissars. Er wies Giesing an, sich alles durchzulesen und ihm dann in Kurzform zu berichten. Er selbst ging inzwischen zum Essen, dann machte er einen Besuch beim Staatsanwalt, berichtete kurz, dass es nichts zu berichten gab, und ging dann zurück ins Büro. Dort erwartete ihn bereits ein aufgedrehter Giesing mit rotgeränderten Augen und einem handgeschriebenen Bericht.

»Vortragen«, sagte Nagel.

Was dabei herauskam, war folgendes: Von Beiter war ein alleinstehender Hölderlin-Nerd, dem die Frau weggelaufen war, als er sich, um einmal in die Haut seines Helden zu schlüpfen, ein Jahr in einen Turm einsperren ließ und dabei nur Nahrung über eine Klappe in der Tür bezog. Glücklicherweise verzichtete er in dieser Zeit nicht auf sanitäre Anlagen, die er in den Turm einbauen ließ. Als er wieder herauskam, war seine Frau mit einem Radrennfahrer nach Frankreich durchgebrannt, die Scheidungspapiere lagen vor der Tür seines »Verlieses«.

Sein großer Gegenspieler war Professor Lorenz Hügel, der von Beiter, wann immer es ging, lächerlich machte. Denn von Beiter behauptete, im Gegensatz zu jeder Lehrmeinung, Hölderlin sei bis zu seinem Tod klar bei Verstand gewesen, das aber habe er vor den anderen geheim gehalten. Stattdessen hätte er den Verrückten bloß gespielt, um in aller Ruhe an seinem großen Werk zu arbeiten. Das sei zwar verschwunden, aber irgendwo müsse es sein. Und er, von Beiter, würde es finden. Eines Tages. Und dann müssten sich alle bei ihm entschuldigen für die Anfeindungen während der vergangenen Jahrzehnte. Vor allem Lorenz Hügel, die graue Eminenz der Hölderlin-Forschung.

»Ist doch egal, ob der Mann verrückt war oder nicht«, brummte Nagel, als Giesing fertig war, »der ist doch schon ewig tot.«

»Herr Kommissar«, rief Giesing erschüttert aus, »wir leben in der Hölderlin-Stadt, wegen dem toten Mann kommen Tausende von Touristen zu uns in das Städtchen. Die kommen doch nicht, um einen toten Dichter zu besuchen, der noch alle Tassen im Schrank hatte. Die wollen den Turm sehen, in dem ein Verrückter gewohnt hat. Gesunde Dichter gibt es genug, aber verrückte?«

Nagel seufzte.

Scheiß-Unistadt, dachte er, jeder glaubt, er hätte die Weisheit mit Löffeln gefressen. Tote Philosophen zählen hier doch mehr als lebendige Busfahrer. Am Ende war dieser von Beiter jetzt tot, bloß weil ein anderer Toter nicht meschugge war. Verkehrte Welt. Und er, Nagel, mittendrin.

»Also«, sagte er, und stand auf, »besuchen wir mal den Hügel.«

»Einfach so?«

»Häh?«

»Ich meine, sollen wir den Herrn Professor einfach so besuchen? Vielleicht stören wir ihn beim Denken. Bei so einem Philosophen weiß man nie.«

Nagel klatschte sich an die Stirn.

»Jetzt hören Sie mal zu, Sie intellektueller Höhenflieger. Ein Professor ist auch bloß ein Mensch. Blutet er nicht, wenn man ihn sticht? Oder was? Sie suchen unterwegs mit ihrem klugen Smartphone seine Adresse raus, dann rufen Sie ihn an und kündigen uns an. Oder darf man den Herrn Professor auch nicht anrufen?«

Giesing grummelte etwas vor sich hin, dann folgte er seinem Chef zum Wagen.

Sie tuckerten mit Tempo dreißig durch die Wilhelmstraße, dann hoch auf den Sand, das Wohngebiet für arrivierte Akademiker. Noch arrivierter aber waren die, die in den dicken Villen in parkähnlichen Anwesen auf dem Österberg wohnten. Aber das waren Professoren der Medizin, die anderen bewohnten »bloß« die Villen ohne Park auf der Halbhöhenlage um den Sand.

Giesing hatte angerufen, der Professor war zu Hause, wie eine Hausangestellte ausrichtete. Aber, so warnte sie die beiden Ankömmlinge noch am Telefon vor, er habe nicht viel Zeit. »Die wird er sich aber nehmen müssen«, brummte Nagel vor sich hin, während Giesing eifrig vor der Freisprechanlage mit dem Kopf nickte.

Sie parkten den Wagen am Straßenrand vor dem Haus und klingelten an der Seite eines großen Eingangstores, das gleich danach geräuschlos aufschwang. Giesing pfiff anerkennend durch die Zähne. Aber der eisige Blick seines Chefs brachte ihn zum Verstummen. Durch einen beachtlich großen Vorgarten bewegten sie sich zu einer breiten Steintreppe, die zur Eingangstüre führte. Dort wurden sie bereits von einer jungen Frau erwartet.

Sie hielt Nagel die Hand hin.

»Guten Tag, Herr Kommissar«, sagte sie, »Sie sind doch

die Polizisten, die angerufen haben? Mein Name ist Dr. Füger, ich bin die Assistentin des Professors. Er erwartet Sie bereits in der Bibliothek. Folgen Sie mir einfach.«

»Jetzt sind Doktoren bereits Hausangestellte von Professoren, Scheiß-Unistadt«, brummte Nagel vor sich hin und es war ihm offensichtlich gleichgültig, dass die Frau es hörte.

Dr. Füger ging voraus, die beiden Polizisten folgten ihr durch eine imposante Vorhalle, dann öffnete sie eine schwere Holztür und trat zur Seite. Die beiden Polizisten gingen in den Raum hinein. Es handelte sich eindeutig um die Bibliothek des Hauses. Viel mehr Bücher als in dem Raum konnte auch eine offizielle Buchhandlung schwerlich in ihren Verkaufsräumen haben.

Der Professor stand an einem Stehpult und schaute von seinem Buch auf, als die beiden vor ihm standen. Statt eines Händedrucks nickte er nur leicht mit dem Kopf. Aber selbst das schien ihn anzustrengen, wie sein leises Flackern mit den Augenlidern bewies.

»Es geht doch nichts über so einen Stehpult, um zu arbeiten«, sagte er mit sanfter Stimme, »da ist die Konzentration gleich eine andere. Was meinen Sie, geht es Ihnen nicht ebenso?«

Nagel schaute ihn überrascht an.

»Nun ja«, sagte er dann, »Stehpulte gehören noch nicht zur Grundausstattung in einem Polizeibüro. Aber ich werde Ihre Erfahrungen damit weitergeben. Mal sehen, vielleicht stehen wir Kommissare in nächster Zukunft dann alle vor Pulten und führen strenge Vernehmungen durch.«

Aber der Professor hatte die Antwort nicht abgewartet. Er war langsam zu einem Tisch in einer Ecke des Raumes geschlurft und ließ sich auf einem Stuhl nieder. Mit müder Handbewegung lud er die Polizisten zum Hinsetzen ein.

Die beiden folgten und nahmen ebenfalls an dem Tisch Platz. Die Wände des hohen Raumes bestanden aus Regalen, die bis zur Decke reichten. An Schienen unterhalb der stuckverzierten Decke konnte man eine Leiter bewegen, die man brauchte, um an die oberen Regale zu gelangen. Jedes der Regale war mit Büchern vollgestellt, mit teilweise dicken Folianten, denen man ansah, dass sie uralt sein mussten. Im Grunde war dieser Raum ein einziges großes Buch, in dem der Professor wohnte.

Überall verteilt im Raum standen auf Holzstelen Büsten aus hellem Gips mit mächtigen Köpfen und wallenden Haaren. Ein Sammelsurium philosophischer Denker, bei denen besonders häufig das etwas mädchenhafte Gesicht Hölderlins vertreten war. Das Gesicht kannte selbst Nagel, so viel Tübingen steckte allemal in ihm.

»Professor von Beiter ist tot«, sagte der Kommissar in die Stille des Raumes. »Ermordet.«

Aufmerksam beobachteten beide Polizisten die Reaktion des Professors. Doch der winkte nur müde ab.

»Ich weiß«, sagte er dann, »und er hat sich die schönste Stelle der Welt für seinen Tod ausgesucht.«

»Ausgesucht würde ich nicht gerade sagen. Ein wenig wurde er auch dazu ermuntert, könnte man behaupten. Eher sogar gezwungen, wenn man es recht betrachtet.«

Der Professor überlegte einen Augenblick.

»Da mögen Sie recht haben, ich jedoch neige eher dazu zu sagen, dass das allmächtige Schicksal, das unentrinnbare Fatum, es bei allem Leid des Kollegen doch noch gut mit ihm meinte. In seiner posthumen Vita jedenfalls liest sich der Ort des Geschehens wie eine Auszeichnung. Noch schöner kann man nur im Turmzimmer des edlen Meisters selbst sterben.«

Die Tür ging auf und eine ältere Frau kam herein. Sie war sicher so groß wie Nagel, also etwa um die einsachtzig. Betont aufrecht bewegte sie sich auf die Männer zu und blieb dann vor ihnen stehen.

»Meine Frau, Gertrude«, stellte der Professor sie vor. Sie nickte huldvoll mit dem Kopf.

»Sie kommen wegen dem toten von Beiter, nehme ich an?«

»Die Nachricht scheint sich ja in Windeseile verbreitet zu haben«, meinte Nagel.

»Die akademische Welt ist klein«, sagte die Frau mit dunkler Stimme, »so etwas spricht sich schnell herum. Sogar dann, wenn ein Scharlatan daran glauben muss.«

Der Kommissar nickte bedächtig.

»Sie halten den Toten also für einen Scharlatan?«

»Nein. Er *war* ein Scharlatan. Was ich davon halte, ist uninteressant.«

»Sie meinen, weil er nicht der Ansicht Ihres Mannes ...«

Unwirsch unterbrach sie den Kommissar.

»Papperlapapp«, sagte die Frau des Professors, »Ansichten spielen da keine Rolle, sondern wissenschaftlich fundierte Ergebnisse. Und nicht solche fadenscheinigen

Fundstücke wie merkwürdige Briefe des Meisters. Denn diese sind – natürlich – Fälschungen von Beiters. Wie sollte ausgerechnet er an solche Dokumente kommen, die ja eigentlich gar nicht existieren.«

»Sie meinen wohl, sie dürfen gar nicht existieren. Denn dadurch wäre ja die Karriere Ihres Mannes höchst gefährdet.«

Plötzlich erhob sich der Professor aus dem Stuhl und stampfte mit dem Fuß auf den Boden. Hochrot war sein Kopf, eine Farbe, die man diesem sonst so bleichen Gelehrtengesicht gar nicht mehr so recht zugetraut hätte.

»Der Kerl war ein Spitzbube und ein Blender«, klang des Professors Stimme wie Donnerhall. Selbst Nagel wich angesichts dieser akustischen Breitseite einen Schritt zurück. Giesing pfiff anerkennend durch die Zähne, voller Bewunderung für diesen vollkommen unerwarteten Ausbruch.

Und Gertrude Hügel, die Professorenfrau, nickte heftig zustimmend mit dem stolzen Haupt.

Innerlich bebend, so schien es, stand der Professor eine Weile da. Als Nagel sich sicher sein konnte, dass der Ausbruch vorüber war, trat er wieder entspannt vor.

»Wussten Sie denn, dass von Beiter im Besitz solcher Briefe war, die zeigen sollten, dass Hölderlin in dem blöden Turm am Neckar vollkommen bei Sinnen gewesen ist? Hat er Ihnen das denn persönlich gesagt?«

Der Professor schnaubte laut. Frau Professor schnaubte ebenfalls laut und hängt sich bei ihrem Mann ein.

»Persönlich gesagt ist gut«, sagte Gertrude Hügel, »er

hat uns förmlich mit Informationen bombardiert. Jeden Tag kamen ein Dutzend Emails, Briefe und SMS an oder kleine Notizen lagen auf dem Schreibtisch meines Mannes im Institut. Es war unerträglich. Ihre Zeit ist bald vorbei, hat er meinem Mann geschrieben. Ein Plakat hing im Institut mit dem Foto meines Mannes. Dieser Mann irrt sich, hatte von Beiter drauf geschrieben und einen Pfeil auf meinen Mann gerichtet gezeichnet. Er wollte uns alle lächerlich machen.«

»Und das auf Kosten des großen Friederich Hölderlin. Alleine schon das musste diesen von Beiter den Kopf kosten – wenn ich so sagen darf.«

Nagels Handy klingelte. Er nickte entschuldigend zu Lorenz Hügel und seiner Frau hin und ging mit seinem Handy in die Ecke. Während er dort telefonierte, standen die anderen stumm da und warteten.

Nagel kam zurück und ging zu einer der Büsten, die auf den Holzstelen im Raum verteilt standen. Er nahm sie in die Hand, hob sie hoch und betrachtete sie von allen Seiten.

»Gips«, fragte er, und wandte sich an den Professor.

»Seien Sie bloß vorsichtig«, rief Hügel und rannte mit ausgestreckten Armen auf den Kommissar zu, »dieser Goethe ist einmalig, alleine schon das wunderbare Löwenhaar ist sehr selten.«

Nagel drückte ihm den Goethe in die Hand. Dann ging er zur nächsten Büste und betrachtete sie. Hügel folgte ihm auf Schritt und Tritt, wobei er stets den Goethe fest umklammerte. Womöglich hatte er Angst, Nagel könnte eine der anderen Büsten vom Sockel stoßen. Der blieb stehen und deutete mit dem Finger auf ein Ensemble sich stark ähnelnder Gipsköpfe.

»Alles Hölderline, oder?«

Hügel nickte, stellte sich vor den Kommissar, fast so, als wolle er verhindern, dass der sich den Köpfen näherte. Aber Nagel schob ihn und seinen Goethe einfach zur Seite und begutachtete jede Figur intensiv. Schließlich nahm er eine der kleineren, etwa 25 Zentimeter hohen Büsten und drehte sie in der Hand. Dann hielt er sie dem neben ihm stehenden Professor vor die Nase und zeigte mit dem Finger auf eine dunkle Stelle.

»Was ist das«, fragte Nagel.

Der Professor schob die Brille auf die Stirn und ging mit den Augen dicht an die Gipsstatue. Dann richtete er sich auf und schüttelte den Kopf.

»Ein Flecken, vielleicht Staub?«

»Oder Blut?«

»Blut? Aber Gips blutet doch nicht, was für eine absurde Idee.«

Mit der Büste ging Nagel zu Giesing und Gertrude Hügel, die nebeneinander standen und stumm zuschauten.

»Man hat mir grade mitgeteilt, dass in der Wunde am Kopf von Beiters Gipsspuren gefunden wurden. Aber es gibt keinen entsprechenden Gipsbrocken dazu, im ganzen Garten, also am Tatort, keine Spur davon. Nicht ein Krümelchen. Und hier bei Ihnen steht das Zeug tonnenweise. Was glauben Sie, Herr Kollege Giesing, was dieser Fleck hier sein könnte?«

Giesing prüfte den Abdruck auf der Büste, ging mit den Augen dicht heran. Er schnüffelte sogar daran.

»Blut, könnte ich mir vorstellen. Das könnte Blut sein.«

Nagel nickte bestätigend. Dann wandte er sich Hügel zu.

»Was glauben Sie, Herr Professor, was unsere Spurensicherung entdeckt, wenn sie diesen Hölderlin hier untersucht? Haben Sie eine Ahnung?«

Gertrude Hügel stieß einen Schrei aus. Sie stürzte sich auf die Büste und wollte sie Nagel aus der Hand reißen. Aber der wich ihr elegant aus und die Frau griff ins Leere. Sie fiel ihrem Mann in die Arme, der sie fest an sich zog. Wie ein Liebespaar, das sich gerade gefunden hatte, standen sie da und starrten auf die Polizisten.

»Was ist passiert? «, fragte Nagel.

»Dieser Mann wollte uns zerstören«, sagte die Ehefrau, »unser Leben, unser Werk, unseren Helden. Das konnte ich nicht zulassen. Da musste ich doch etwas unternehmen.«

»Sie? Sie haben von Beiter das Ding über den Schädel gehauen«, fragte Giesing erstaunt.

Die Frau nickte und sah dabei ihren Mann an. Der nickte ebenfalls und zog sie noch fester an sich.

»Er wollte sich mit meinem Mann treffen, um ihm die Briefe zu zeigen, die er veröffentlichen wollte. Aber ich bin vorher hingegangen, mein Mann hätte das nie geschafft.«

»Was denn?«

»Ihm mit dem Hölderlin seinen bösen Plan auszutreiben. Ich kann das – und deshalb bin ich mit der Büste hingegangen.«

»Sie haben extra das Ding mitgeschleppt? Bloß um ihm damit eine überzuziehen?«

»Ja«, sagte sie und ein wenig Stolz schwang in ihrer Stimme mit.

Plötzlich zitterte der Professor, seine Beine gaben nach. Seine Frau Getrude fing ihn auf und geleitete ihn zu einem Sessel, der im Raum stand. Dort setzte sie ihn hin und hielt seine Hand. Hügel hatte Tränen in den Augen.

»Dabei«, sagte er leise, »war das alles so sinnlos. Aber als ich hinkam, war alles schon vorbei. Er lag auf dem Boden und meine Frau wischte den Gipskopf ab. Dann sind wir schnell verschwunden. Ich habe noch nie einen Toten gesehen – und dann auch noch all das Blut. Schrecklich. Und sinnlos.«

»Sinnlos«, fragte Gertrude Hügel, »warum sinnlos? Es war das Richtige. Solche Menschen, ganz ohne Ehrfurcht, muss man zerstören, sie bringen eine ganze Welt ins Wanken. Das kann man doch nicht zulassen.«

Der Mann winkte ab.

»Ich bin doch bloß zu von Beiter gegangen, weil ich den Beweis hatte, dass die Aufzeichnungen von ihm Fälschungen sind. Er ist einem jungen Mann in die Falle gegangen, der ihn reinlegen wollte. Er war vorher noch bei mir, um das zu beichten. Das wollte ich von Beiter sagen. Nur wegen des jungen Mannes habe ich mich etwas verspätet.«

Gertrude Hügel starrte ihn fassungslos an. Dann strich sie ihrem Mann über die grauen Haare und lächelte.

»Es ist schon gut«, sagte sie sanft, »manche Dinge

müssen sein. Denk nur, wie dem Frieder Hölderlin das gefallen hätte. Es war eine Tat, die aus Leidenschaft begangen wurde. Er würde das bestimmt verstehen.« Dann stellte sie sich aufrecht hin und fing an, ihre Stimme zu erheben.

»Es gibt ein Vergessen allen Daseins, ein Verstummen unseres Wesens, wo uns ist, als hätten wir alles verloren.«

»Ich verstehe«, murmelte leise der Professor, »mein edler Hyperion.«

Nachdem die Kollegen die beiden abgeholt hatten, gingen die zwei Kommissare zu ihrem Wagen.

»So schnell haben wir selten einen Fall gelöst«, sagte Giesing.

»Ach ja«, seufzte Nagel, »ich wünschte nur, alle Taten würden von Professoren begangen. Die Vögel sind derart durchgeknallt, dass sie solche Riesenspuren zu ihren Taten legen, denen man dann bloß noch zu folgen braucht.«

»Und ich dachte immer, die wären so intelligent, die Professors und so.«

»Das schon, aber sie dürfen niemals ihre Spezialgebiete verlassen, denn dann sind sie wie kleine Kinder. Leidenschaftlich, unbesonnen, überheblich und sehr, sehr unvorsichtig.«

Silvija Hinzmann

# Und wenn sie nicht gestorben sind ...

Ich stamme aus einem Nest im Südschwarzwald. Als ich zehn Jahre alt war, starb meine Mutter. Nach der Trauerzeit heiratete mein Vater wieder. Seine neue Frau war ebenfalls verwitwet und brachte zwei Töchter mit in die Ehe. Sie waren faul und hochnäsig. Meine Stiefmutter konnte mich nicht leiden und war der Ansicht, dass ihre beiden Täubchen etwas Besseres waren. Ich musste noch mehr als bisher im Haus und auf dem Hof mithelfen. Unser Knecht Ruprecht, ja, er hieß wirklich so, war der einzige, der zu mir stand. Vom Alter und harter Arbeit gebeugt saß er an langen Winterabenden am Kachelofen und schnitzte bizarre Figuren aus Lindenholz. Dabei erzählte er mir Märchen und Sagen, erfand vieles dazu und brachte mich zum Lachen. Erst nach seinem Tod erfuhr ich, dass er der Halbbruder meiner verstorbenen Mutter gewesen war. Nach der Realschule schickte mich Vater auf eine Hauswirtschaftsschule nach Freiburg.

Als ich die Ausbildung abgeschlossen hatte, zog ich nach Stuttgart und bekam eine Stelle in der Küche eines Krankenhauses. Dort blieb ich, bis man mich mit knapp vierzig aus Einsparungsgründen entließ. Ich wohnte in Untermiete bei einer älteren Frau, aber als sie starb, musste ich ausziehen und kam bei einer Bekannten unter.

Vater war vor einigen Jahren gestorben. Der Kontakt zu meiner Familie brach ganz ab, als die Stiefmutter das Haus verkaufte und zu einer ihrer Töchter zog, die wie die andere Stiefschwester reich geheiratet hatte. Natürlich hatten sie mich nicht zu ihren Hochzeiten eingeladen. Aber ich wäre ohnehin nicht hingegangen.

Ich arbeitete eine Zeitlang in einem Supermarkt an der Kasse. Zuletzt schuftete ich als Hilfsköchin in einer Catering-Firma. Bei einer Veranstaltung, die wir beliefert hatten, lernte ich Maximilian von Schwaben kennen. Er war Anfang fünfzig und sah blendend aus. Ich fand ihn mehr als sympathisch, und als er mich zum Abendessen einlud, lehnte ich nicht ab. Es stellte sich heraus, dass er Inhaber einer renommierten Immobilienfirma in Stuttgart war. Seine Frau Rosemarie arbeitete mit, ihr gemeinsamer Sohn Wolf Christian studierte in Tübingen. Maximilians Interesse an mir war rein praktischer Natur. Seine Mutter weigerte sich, die Jugendstilvilla am Killesberg zu verlassen und in ein Altersheim zu ziehen. Deshalb suchte er für sie eine Gesellschafterin, die bereit wäre, bei Bedarf auch Pflegeleistungen zu übernehmen. Obwohl ich nicht vom Fach war, schien ich ihm die Richtige dafür zu sein, weil ich aus derselben Gegend wie sie stammte. Es war eine verzwickte Situation. Wenn ich ablehnte, würde ich ihn nie wieder sehen, und wenn ich zusagte, war ich gezwungen, meine Gefühle zu unterdrücken. Schließlich sagte ich zu. Das Gehalt war mehr als angemessen, Kost und Logis waren sogar frei. Ich kündigte meinen Job, packte meine wenigen Sachen und fuhr mit dem Bus zu Maximilians Villa.

Das Anwesen war von einer hohen, mit wildem Wein bewachsenen Mauer umgeben. Ich läutete. Als ich eingelassen wurde, befand ich mich in einem parkähnlichen Garten mit uralten Bäumen und blühenden Rhododendronsträuchern. An der Vorderfront der Villa rankte sich eine Kletterrose bis zum Dach hinauf. Ich ging über einen Kiesweg zum imposanten Eingang. Maximilian stand in der Tür und empfing mich sehr charmant. Dann führte er mich in den Wintergarten. Seine Frau ließe sich entschuldigen, sagte er. Sie sei für einige Tage aufs Land gefahren, um ihre Pferde zu versorgen.

Eine junge Frau servierte uns Tee. Sie war bildhübsch. Ihre langen schwarzen Haare waren zu einem Zopf geflochten, die blauen Augen glänzten wie Edelsteine. Sie bewegte sich anmutig, sagte kein Wort und verschwand so leise, wie sie gekommen war. Ich bin zwar nicht gerade unansehnlich, dennoch kam ich mir in diesem Moment vor wie eine graue Maus.

»Das war Flora, unser Hausmädchen. Sie stammt aus Osteuropa, irgendwo aus den Karpaten. Bedauerlicherweise spricht sie kein Deutsch«, sagte Maximilian.

Nach dem Tee führte er mich sichtlich stolz durch sein Haus. Die Räume waren mit antiken Möbeln ausgestattet, auf den glänzenden Parkettböden lagen Orientteppiche und an den Wänden hingen Gemälde seiner Vorfahren. Kostbare Kristalllüster verliehen jedem Zimmer einen märchenhaften Glanz. Ich war beeindruckt und versuchte, mir die Namen und Anekdoten zu merken, die Maximilian erzählte. Vor dem Krieg lebte seine Familie in Oberschwaben. Nach dem Tod des Vaters erbte

Maximilians älterer Bruder den Landsitz und die Ländereien. Maximilian bekam die Villa in Stuttgart. Nach dem Rundgang zählte ich siebzehn Zimmer und fragte mich, wer die wohl in Ordnung hielt.

Wir gingen hinunter in den Park, damit mich Maximilian dem weiteren Personal vorstellen konnte. Es handelte sich um ein älteres Ehepaar, das in einem Häuschen hinter der Villa wohnte. Die Frau war rundlich und klein und hieß Babette. Sie sei eine begnadete Köchin, sagte Maximilian. Ihr Mann Heinrich, ein Riese mit Händen wie Schaufeln, kümmerte sich um Haus und Garten.

»Ich hoffe, dass Sie sich bei uns wohl fühlen werden. Sie müssen wissen, meine Mutter ist ein wenig wunderlich«, sagte er, nachdem ich den Vertrag unterschrieben hatte. »Am besten, Sie beachten ihre seltsamen Reden nicht weiter. Sie lebt schon seit langem in ihrer eigenen Welt.«

»Ach, ich bin einiges gewöhnt«, entgegnete ich.

»Kommen Sie, sie wird schon ungeduldig auf uns warten.«

Wir stiegen in die erste Etage. Dabei erklärte mir Maximilian, wie man den Treppenlift bedient, der am geschwungenen Geländer montiert war.

Als wir am Ende des langen Flurs ankamen, klopfte Maximilian an und ging hinein. Ich blieb in der Tür stehen. Margarethe von Schwaben thronte auf weißen, mit Spitze verbrämten Kissen in ihrem Himmelbett. Unter einem Häubchen lugten aschfarbene Löckchen hervor. Sie hielt ein Glas Sherry in der Hand, die mich an eine Vogelkralle erinnerte. Mit der anderen blätterte sie in einer Frauenzeitschrift. Maximilian drückte ihr einen Kuss auf die welke Wange.

»Mutter, deine Gesellschafterin ist da.« Er winkte mich herbei. »Darf ich vorstellen, Katharina Winkelmann.«

Margarethe nahm ihre Brille ab und musterte mich neugierig.

»Du musst schon ein bisschen lauter reden«, sagte sie mit brüchiger Stimme.

»Das ist deine Gesellschafterin, sie heißt Katharina.«

Margarethe hob abwehrend die Hand. »So taub bin ich auch wieder nicht. Kommen Sie schon näher, damit ich Sie besser sehen kann.«

Ich trat nah ans Bett und gab ihr sachte die Hand, weil ich befürchtete, ihre würde bei einem normalen Händedruck zerbröseln.

Maximilian nickte mir zu und ließ uns allein.

Die alte Dame deutete auf einen Stuhl neben ihrem Bett.

»Nehmen Sie Platz, Kathi. Ich darf Sie doch so nennen?«

»Natürlich.« Ich setzte mich und strich meinen grauen Rock glatt.

»Sagen Sie, wie kommt eine Frau wie Sie dazu, sich als Gesellschafterin zu verdingen?«, fragte Margarethe geradeheraus.

Also erzählte ich, wie es dazu gekommen war. Als ich geendet hatte, nickte Margarethe nachdenklich und bat mich, sie bis zum Abendessen alleine zu lassen. Ich bezog ein Zimmer neben ihrem und ging hinunter in den Garten. Maximilian saß auf der Terrasse in einem Korbstuhl und las Zeitung. Als er mich sah, stand er auf und kam mir entgegen. »Ich hoffe, meine Mutter war nicht zu anstrengend. Wenn sie einmal ins Erzählen kommt…«

»Nein, nein, es ist alles in Ordnung.«

»Was ich Sie noch fragen wollte: Haben Sie einen Führerschein?«

»Ja, aber momentan kein eigenes Auto.«

»Kein Problem, Sie werden eines von meinen nehmen. Mutter ist ans Haus gebunden und kann kaum noch gehen. Flora fährt sie gelegentlich im Rollstuhl im Garten herum, aber das Mädchen ist viel zu zart für so etwas. Deshalb möchte ich, dass Sie Mutter spazieren fahren, wann und wohin auch immer sie will.«

»Selbstverständlich.«

Wir gingen in die Garage. Das weiße Mercedes Cabrio und ein schwarzer Sportwagen waren für den Zweck natürlich ungeeignet. Maximilian klopfte auf die Haube eines silbergrauen Cayennes und öffnete die Fahrertür.

»Der da ist genau richtig. Sie kommen doch mit so einem Wagen klar?«

»Ich denke schon.«

Maximilian erklärte mir die Funktionen und gab mir, als wir wieder im Haus waren, die Autoschlüssel.

Nach dem Abendessen brachte ich Margarethe auf ihr Zimmer und half ihr bei der Abendtoilette.

»Wie finden Sie dieses Mädchen, das kein Wort spricht?«, fragte sie.

»Ganz nett, sie schaut nur ein wenig traurig drein.«

Margarethe winkte mich mit ihrem knochigen Finger näher.

»Soll ich Ihnen verraten, wer sie in Wirklichkeit ist?«
Ich nickte.

»Sie ist eine verzauberte Meerjungfrau. Keiner hier ahnt es, aber ich habe es sofort erkannt. Sie geht langsam und vorsichtig, als hätte sie bei jedem Schritt höllische Schmerzen.«

»Das ist mir auch schon aufgefallen.«

»Und sie ist stumm wie ein Fisch.«

Tja, was hätte ich darauf erwidern sollen? Ich brachte Margarethe wie befohlen einen Sherry und fragte, wohin sie den ersten Ausflug machen wollte.

»Nach Ludwigsburg in den Märchengarten! Ich war seit einer Ewigkeit nicht mehr dort.«

Am nächsten Tag war das Wetter prächtig. Wir fuhren nach dem Mittagessen los. Margarethe genoss die Fahrt sichtlich. Als wir auf dem Parkplatz auf der Bärenwiese unweit des Schlosses ankamen, half ich ihr in den Rollstuhl. Schon von Weitem sahen wir die vielen Menschen auf den Gartenwegen vor dem Schloss. Als wir hineingelassen wurden, begann Margarethe aus der Broschüre vorzulesen, die wir an der Kasse gekauft hatten.

»Kathi, haben Sie gewusst, dass dieses prächtige Schloss nur wegen der Jagdleidenschaft des jungen Herzogs Eberhard Ludwig gebaut wurde?«

»Ich fürchte, ich habe im Geschichtsunterricht nicht besonders aufgepasst.«

»Eigentlich wollte er auf dem ehemaligen Erlachhof ein kleines Jagdschlösschen errichten lassen. Doch als er aus Paris kam, wo er das Schloss Versailles gesehen hatte, änderte er seine Pläne. Hier steht, er hätte mit einer imponierenden Barockanlage seiner Macht Ausdruck verleihen und sich ein Denkmal setzen wollen.«

»Was ihm offensichtlich gelungen ist.«

»Der Bau wurde 1704 begonnen, die Bauarbeiten dauerten über dreißig Jahre und verschlangen ein Vermögen. Ja, ja, damals ließ man sich mit solchen Vorhaben viel Zeit.«

»Der Umbau des Stuttgarter Hauptbahnhofs könnte sich auch in die Länge ziehen«, rutschte mir heraus.

Margarethe ging nicht darauf ein.

»Und wussten Sie, dass Eberhard Ludwig am 7. Mai 1704 bei der Grundsteinlegung auf der Baustelle feierlich verkündete, dass der Erlachhof fortan Ludwigsburg genannt werden soll? Er hatte beschlossen, eine Stadt zu gründen, und forderte die Bürger auf, sich hier anzusiedeln.« Sie las die Namen der Nachfolger Eberhard Ludwigs vor, aber ich hörte ihr nur halb zu, da ich mir das ohnehin nicht merken konnte und auch nicht wollte.

Als wir den Märchengarten betraten, legte Margarethe die Broschüre auf ihren Schoß. Sie wurde ganz still. Dafür waren die Kinder um uns herum umso lauter. Sie sprangen herum und bestaunten die kleinen Buden mit den Märchenfiguren. Es schien sie nicht im Geringsten zu stören, dass die Geschichten vom Tonband kamen und die Figuren etwas sperrig wirkten. Da waren Frau Holle, Rotkäppchen und Dornröschen, der Wolf und die sieben Geißlein, Aschenputtel, Rumpelstilzchen, Schneewittchen und die sieben Zwerge, die Bremer Stadtmusikanten, Schneeweißchen und Rosenrot und viele andere. Als wir uns dem Lebkuchenhaus der bösen Hexe näherten, bat mich Margarethe, sie näher heranzuschieben.

Ein kleines Mädchen stand am Zaun vor uns. Als das Fenster am Hexenhäuschen aufging und die böse Hexe fragte: »*Knusper, knusper, Knäuschen, wer knuspert an meinem Häuschen?*, antwortete das Mädchen: »*Der Wind, der Wind, das himmlische Kind.*«

Dann drehte es sich zu uns um und schaute Margarethe mit großen Augen an. Da ich hinter dem Rollstuhl stand, konnte ich Margarethes Gesicht nicht sehen. Das Kind riss sich vom Zaun los und rannte zu seiner Mutter.

»Mama, Mama, ich hab' die Hexe gesehen.«

»Ja, ja, ich weiß«, sagte die Mutter.

»Ich meine nicht die aus dem Häuschen«, sagte das Mädchen und zeigte mit dem Finger auf Margarethe. Die Mutter nahm es an die Hand und ging rasch weiter.

Ich ging um den Rollstuhl herum.

Aus Margarethes Gesicht war alle Farbe gewichen.

»Alles in Ordnung?«, fragte ich und reichte ihr die Flasche mit dem Mineralwasser, die ich in meiner Tasche dabeihatte.

Sie trank einen Schluck.

»Ja, es wird wohl das heiße Wetter sein«, flüsterte sie.

Der Märchengarten war wirklich märchenhaft. Wir gingen ins Parkcafé und tranken einen Kaffee und aßen Apfelkuchen. Margarethe hatte sich beruhigt, aber sie schien müde geworden zu sein.

»Sollen wir nach Hause fahren?«, fragte ich, nachdem ich bezahlt hatte.

»Ja, aber vorher möchte ich noch den Rapunzelturm sehen.«

Als wir dort ankamen, schaute Margarethe hinauf.

»Rapunzel hat mir immer schon furchtbar leidgetan«, sagte sie. »Aber die Liebe hat sie schließlich gerettet.«

Die Kinder um uns herum reckten ebenfalls ihre Hälse und schrien aus Leibeskräften: »Rapunzel, Rapunzel, lass deinen Zopf herunter!« Und ein dicker Zopf mit einer Schleife daran senkte sich langsam herab. Doch natürlich bekamen ihn die Kinder nicht zu fassen.

»Jetzt können wir nach Hause«, sagte Margarethe nach einer Weile.

Als wir in der Villa ankamen, war nur Flora da. Sie drückte Margarethe einen Zettel in die Hand, den Rosemarie geschrieben hatte. Maximilian und sie waren zu einer Geburtstagsfeier bei Freunden und würden erst am nächsten Tag zurückkommen.

Nach dem Abendessen brachte ich Margarethe ins Bett.

»Rufen Sie mich, wenn Sie etwas brauchen.«

»Ja, ja, aber jetzt bleiben Sie bitte. Machen Sie das Licht aus und zünden Sie die Kerze an«, sagte Margrethe und zeigte auf einen silbernen Kerzenständer, der auf dem Fenstersims stand. »Ich muss mit Ihnen reden.«

Ich tat wie befohlen und setzte mich.

Margarethe schaute mich an und lächelte.

»Ich werde bald sterben, Kathi.«

»Sagen Sie doch so etwas nicht.«

»Ich bin jetzt dreiundneunzig, meine Zeit ist um.

Doch bevor ich gehe, muss ich noch eine Sache in Ordnung bringen. Und Sie sollen mir dabei helfen.«

»Ich? Ich verstehe nicht.«

»Bringen Sie mir den Sherry und meine Zigaretten. Sie sind da in der Kommode.«

Ich schenkte ihr ein und holte die Schachtel und das Feuerzeug. Margarethe bot mir eine Zigarette an. Ich lehnte dankend ab. Danach nahm sie selbst eine und zündete sie sich an. Sie nahm einen tiefen Zug und blies den Rauch gegen die Spitzenvorhänge ihres Himmelbetts. Dann nippte sie an ihrem Glas und lächelte.

»Alle denken, ich sei nicht ganz richtig im Kopf. Sie haben das sicher auch bemerkt. Sogar mein eigener Sohn glaubt das. Aber er ist zurzeit nicht zurechnungsfähig. Sie haben ja gesehen, wie er diese Meerjungfrau mit den Augen verschlingt.«

»Ich dachte, sie kommt aus Rumänien. Ihr Sohn hat es mir erzählt.«

»Ich weiß es besser. Es war an einem regnerischen Nachmittag im November vor etwa einem Jahr. Heinrich fand sie zufällig vor dem Haupttor, als er seine Runde machte. Er dachte, sie hätte sich verlaufen, und fragte, wen sie suche. Sie ließ sich nicht wegschicken. Also brachte er sie ins Haus, damit sie sich aufwärmte. Sie muss stundenlang im Regen gestanden haben. Ich fragte sie auch aus, aber sie schüttelte nur den Kopf, trank den Tee, den Babette ihr gemacht hatte, und schaute immer wieder zur Tür. Als Maximilian und Rosemarie am Abend nach Hause kamen, lächelte sie und sah Max mit ihren veilchenblauen Augen an. Er war wie verzaubert und so blieb Flora hier. Dass Rosemarie davon nicht begeistert ist, können Sie sich denken.«

»Aber woher wissen Sie, dass sie Flora heißt, wenn sie doch stumm ist?«

»Fragen Sie das lieber meinen Sohn. Ich bin sicher, dass er die Antwort weiß«, sagte Margarethe geheimnisvoll. »Aber das ist seine Angelegenheit. Auf mich hört er ja nicht mehr.«

Ich muss gestehen, ich war verwirrt. Was, wenn Margarethe dahinter käme, dass ich in Max verliebt war?

Das Wetter hatte umgeschlagen, ein Gewitter zog auf. Der Vorhang am offenen Fenster blähte sich auf wie ein Segel. Das Kerzenlicht flackerte.

»Was ich Ihnen jetzt anvertraue, dürfen Sie keinem Menschen erzählen«, sagte Margarethe nach einer Weile.

Ich versprach es hoch und heilig.

»Und jetzt schenken Sie mir nach und trinken auch ein Gläschen.«

Ich füllte die Gläser.

Margarethe drückte ihre Zigarette im Aschenbecher aus und schaute mich an.

»Ich habe in diese Familie eingeheiratet«, begann sie. »Aber man hat mich nie wirklich akzeptiert, weil ich nicht von Stand war. Dass ich aus dem Schwarzwald stamme, wissen Sie ja. Mein jüngerer Bruder hieß Johannes. Er ist letztes Jahr leider gestorben. Unsere Eltern waren bettelarm. Vater war Holzfäller und wir Kinder begleiteten ihn oft in den Wald. Eines Tages, während er seiner Arbeit nachging, suchten wir Beeren und Pilze und trugen Brennholz zusammen, das wir zu einem Bündel schnürten. Als wir wieder zu der Stelle zurückkamen, wo wir Vater zuletzt gesehen hatten, war es Nacht geworden. Und Vater war nicht mehr da.«

»Das kommt mir irgendwie bekannt vor«, bemerkte ich.

»Wir riefen so laut wir konnten, rannten mal nach links, mal nach rechts und suchten den richtigen Weg. Aber Vater gab keine Antwort. Je länger wir herumirrten, umso tiefer kamen wir in den Wald hinein. Und Sie wissen, was das bedeutet, der Schwarzwald heißt nicht umsonst Schwarzwald, nicht wahr? Hans fing zu weinen an und klammerte sich an mich. Der Vollmond stand am Himmel, aber sein Licht drang kaum zu uns durch. Bäume und Felsen schienen zum Leben zu erwachen. Unter einer Eiche fand ich eine mit Moos bewachsene Mulde. Wir legten uns hinein und lauschten den Rufen der Nachtvögel, bis wir vor Erschöpfung einschliefen.«

»Und am nächsten Tag haben Sie das Hexenhäuschen gefunden und am Lebkuchendach geknabbert.«

»Nicht so ganz. Als es zu dämmern begann, standen wir auf und irrten umher, bis wir endlich aus dem Wald herausfanden. Weit und breit war kein Haus zu sehen. Es begann zu nieseln. Wir kamen an eine Straße, die wieder in den Wald hineinführte, aber Hans weigerte sich weiterzugehen. Also kauerten wir uns unter einen Baum am Straßenrand und ich hoffte, dass Vater uns bald finden würde. Nach einiger Zeit fuhr eine schwarze Limousine heran und blieb bei uns stehen. Auf der Kühlerhaube stand eine silberne Frauenfigur mit Flügeln. Eine Dame im langen, schwarzen Mantel stieg aus. Sie trug einen Hut mit einem schwarzen Schleier vor den Augen. Sie bot an, uns mitzunehmen, und versprach, uns nach Hause zu bringen. Doch zuvor sollten wir zu ihr, damit wir uns aufwärmen und stärken konnten. Dankbar stiegen wir ein. Schon nach kurzer Fahrt kamen wir an ein wunderschönes, großes Haus, das auf einer Lichtung im Wald stand.«

Margarethe schien meine Anwesenheit völlig vergessen zu haben. Ich gähnte hinter vorgehaltener Hand und erinnerte mich an meinen Onkel Ruprecht.

»Die Frau war freundlich. Sie steckte uns in die Badewanne, gab uns danach neue, warme Kleider und richtete ein leckeres Abendessen. Wir aßen viel zu viel und wurden schrecklich müde. Sie brachte mich in ein wunderschönes Zimmer. Hans wollte bei mir bleiben, aber sie bestand darauf, dass er in einem anderen schlief.

Am nächsten Tag bat ich die Frau, uns nach Hause zu bringen. Sie lachte und erwiderte, das hätte sie nie vorgehabt. Wir sollten froh sein, dass wir bei ihr gelandet seien. Tage und Wochen vergingen und doch schien die Zeit stillzustehen. Ich musste das Haus aufräumen, aber kaum war ich mit einem Zimmer fertig, geriet es wieder in Unordnung und ich fing von vorne an. Ich hatte schreckliche Angst um meinen kleinen Bruder. Die böse Frau hatte ihn in einen Käfig gesperrt und …«, Margarethe drehte sich zu mir um. »Hören Sie mir eigentlich zu?«

Ich schreckte auf. »Natürlich. Hänsel war eingesperrt und die böse Hexe wollte ihn verspeisen, wenn er dick und fett geworden war. Aber Gretel hat die böse Hexe in den Ofen geschubst und ihren Bruder gerettet. Dann fanden sie Edelsteine, die die Hexe in ihrem Haus versteckt hatte. Und wenn Sie nicht gestorben sind ... «

Margarethe richtete sich kerzengerade auf.

»Sie glauben mir kein Wort, nicht wahr?«

Ich schüttelte traurig den Kopf. Die alte Dame war wohl kränker, als ich angenommen hatte.

Sie streckte die Hand aus und deutete auf die Kommode.

»In der untersten Schublade ist eine Kassette. Bringen Sie sie her.«

Ich stand auf, zog die Schublade heraus und nahm eine schwere, reich verzierte Holzkassette heraus. Margarethe nahm einen Schlüssel aus dem Nachttisch und öffnete das Kästchen. Unzählige wunderschön geschliffene Diamanten, Perlenketten, Armreifen und Ringe aus Gold und Silber mit Edelsteinen in allen Farben funkelten im Kerzenlicht.

»Glauben Sie mir jetzt?«

Ich war sprachlos.

»Das sind die Juwelen, die ich in die Ehe mitgebracht habe. Meine neue Familie hat davon nie etwas erfahren. Die andere Hälfte bekam mein Bruder Hans. Als wir in unser Dorf zurückkehrten, fanden wir unser Elternhaus verlassen vor. Die Eltern waren gestorben. Die Nachbarn erkannten uns nicht. Wir waren sieben Jahre bei der Frau im Wald gewesen, ohne dass wir es bemerkt hatten.«

»Und was ist aus ihr geworden?«

»Als ich es nicht mehr aushielt, dass sie mich schlug und Hans wie ein Hausschwein mästete, habe ich sie umgebracht«, sagte Margarethe ruhig. »Eines Abends, als sie eine steile Treppe hinunterging, stieß ich sie in den Rücken. Sie schlug unten auf und war auf der Stelle tot.«

Ich starrte Margarethe an.

»Das kann ich einfach nicht glauben.«

»Ich möchte, dass Sie dieses Kästchen nach meinem Tod aufbewahren. Sie haben geschworen, niemandem ein Sterbenswörtchen davon zu erzählen.«

Ich lehnte natürlich ab, aber Margarethe wollte nichts davon hören. So blieb mir nichts anderes übrig, als die Kassette und den Schlüssel doch anzunehmen. Ich bedankte mich, löschte die Kerze und ging in mein Zimmer.

Als ich am nächsten Morgen nach ihr sah, lag sie mit gefalteten Händen da. Sie war für immer eingeschlafen.

Der Rest der Geschichte ist schnell erzählt. Ich weckte Flora und rannte zu Babette und Heinrich, um ihnen die traurige Nachricht zu überbringen. Heinrich rief Maximilian an. Zwei Stunden später waren alle im Haus versammelt. Der herbeigerufene Arzt bestätigte, dass Margarethe eines natürlichen Todes gestorben war. Einen Tag nach dem Begräbnis, zu dem die zahlreiche Verwandtschaft gekommen war, bat mich Maximilian für ein Gespräch ins Arbeitszimmer. Ich wusste, dass er mich entlassen würde. Es gab hier nichts mehr für mich zu tun.

»Obwohl Sie nur ein paar Tage bei uns waren, bekommen Sie selbstverständlich ein volles Monatsgehalt«, sagte er.

»Aber das ist wirklich nicht nötig«, erwiderte ich. »Ich finde bestimmt bald eine neue Stelle.«

Maximilian ließ sich nicht umstimmen und händigte mir einen Briefumschlag aus.

»Ich wünsche Ihnen alles Gute.«

Ich bedankte mich, ging in mein Zimmer und packte meine Sachen und die Kassette in den Koffer. Dann verabschiedete mich von allen und verließ die Villa. Eine seltsame Traurigkeit ergriff mich, als ich auf der Straße stand. Sollte ich vielleicht doch umkehren und den Schmuck zurückgeben? Dann fiel mir der Schwur ein, den ich geleistet hatte. Ich nahm den ersten Zug nach Freiburg und fuhr mit einem Taxi in das Dorf, in dem ich aufgewachsen war. Aber mein Elternhaus stand nicht mehr da. Der Taxifahrer brachte mich in die Stadt zurück. Ich nahm mir ein Zimmer in einem kleinen Hotel und überlegte, was ich nun anfangen sollte. Am nächsten Morgen erzählte mir ein Zimmermädchen, dass das Hotel verkauft werden sollte, weil der Hotelbesitzer in Konkurs gegangen war. Den Rest können Sie sich ja denken, oder? Ich kaufte das Haus und ließ es renovieren. Ein paar Monate später, ich hatte mich längst an mein neues Leben gewöhnt, stand Maximilian an der Rezeption. Er erkannte mich beinahe nicht wieder und wunderte sich über meinen plötzlichen Erfolg. Ich war versucht, ihm die Wahrheit zu sagen, doch als er mir erzählte, er hätte sich scheiden lassen und wolle Flora heiraten, ließ ich es bleiben.

Außerdem hätte er mir die Geschichte ohnehin nicht geglaubt.

# Bernd Storz
## Schwitters fehlt!

Wäre das schwarze Herrenfahrrad nicht vor dem Museum aufgetaucht, wäre alles verloren gewesen. Alles. Dann hätte Anton Geiselhart nicht einmal bemerkt, dass seine eigene Leichtsinnigkeit es war, die seinen Plan um Haaresbreite ruiniert hätte. Pech gehabt, wie immer, hätte er gedacht. Es gab Dinge, die nicht planbar waren, die jedoch, wenn man alle Möglichkeiten, alle Wendungen bis zur letzten Konsequenz durchdachte, vorhersehbar sein mussten, vorausgesetzt, man zog den menschlichen Faktor in Betracht. Aber genau das war sein Fehler gewesen. Er hatte den menschlichen Faktor unterschätzt. Das Herrenfahrrad.

Seinen Plan hatte er dem unglücklichen Umstand zu verdanken, dass er drei Wochen vor Eröffnung seiner großen Papiercollagen-Ausstellung im international renommierten Städtischen Kunstmuseum Spendhaus Reutlingen vor einer verschlossenen Hotelpforte in Kassel gestanden war. Verstört hatte er mit dem Daumen über das zerkratzte Glas seiner Armbanduhr gerieben, deren Sekundenzeiger sich auf zwanzig Uhr fünfzig zubewegte. Als er den Klingelknopf unter dem Bewegungsmelder drückte, der den Eingang mit gleißendem Licht überflutete, meldete sich eine türkisch klingende, düpierte Männerstimme aus der Sprechanlage, die ihm erklärte, man habe bereits am Vortag auf ihn gewartet. Heute sei Ruhetag. Didi, schoss es ihm durch den Kopf und er erwiderte, er sei bereit, die versäumte Nacht zu bezahlen, wenn er nur ein Zimmer beziehen könne, schließlich sei es unmöglich, um diese Zeit während der documenta noch eine andere Unterkunft zu finden. Er vernahm noch ein gereiztes Nuscheln aus dem Lautsprecher, dann ertönte endlich der Summer.

Didi, wie seine neue Sekretärin aus Bitterfeld genannt werden wollte, hieß eigentlich Dietlinde Hegenbarth und hatte – ein prüfender Blick in die Reiseunterlagen bestätigte dies – das Buchungsdatum verwechselt. Er selbst hatte sie der Stadtverwaltung zur Einstellung vorgeschlagen, weil er sich eingeredet hatte, ein gutes Werk zu tun an einer jungen Frau, die als Ein-Euro-Jobberin im Naturkundemuseum vor sich hinvegetierte. Außerdem hatte sie ihn an der Pforte und auch sonst, wenn man sich mal zufällig in der Stadt traf, immer äußerst freundlich begrüßt und sich sogar nach ihrer ersten Begegnung sofort seinen Namen gemerkt.

Ich bin selbst schuld, dachte er, ich hätte die Reisedaten gleich im Büro noch kontrollieren müssen, schließlich tippe ich inzwischen ja auch meine Briefe selbst, weil das ökonomischer ist, als sie dreimal zurückzugeben mit dem Ergebnis, dass Didi den vierten Rechtschreibfehler an anderer Stelle einbaut. Ganz abgesehen davon, dass sie ihn schon an ihrem ersten Arbeitstag nach dem Unterschied zwischen Auftragsbestätigung und Rechnung gefragt hatte. Im Umgang mit Künstlern, Besuchern und Kollegen dagegen zeigte sie sich äußerst geschickt. Sie war beliebt, das musste er zugeben. Dass sie sich jedoch bei der Büroarbeit als eine Niete erwies, hatte er leider erst festgestellt, als es schon zu spät war.

Die Stadt, in der er lebte und arbeitete, sah sich nicht in der Lage, ihrem Museumsleiter die Reisekosten nach Kassel zu erstatten. Es wurde gespart und andere Prioritäten erforderten es offenbar, es als sein persönliches Interesse zu werten, wenn er sich beruflich in Sachen internationaler Kunsttrends kundig machte.

Sein Name – Anton Geiselhart – hatte ihm schon zahlreiche Unannehmlichkeiten bereitet. Mindestens neun Mal am Tag riefen Leute an, die ihr Zimmer gestrichen oder ihr Einfamilienhaus neu verputzt haben wollten. Mühsam hatte er Didi auseinandergesetzt – und sie hatte seine Ausführungen mit offenem Mund verfolgt –, dass der Gründer der Firma Anton Geiselhart, die seit Kriegsende Malerarbeiten und Baugestaltung anbot, selbst ein angesehener Kunstmaler namens Anton Geiselhart gewesen sei und mit dem – seiner Meinung nach in seiner kunsthistorischen Bedeutung überschätzten – Holzschneider HAP Grieshaber befreundet war. Sein Sohn und Nachfolger Hansjörg Geiselhart habe die Galerie Geiselhart in der Reutlinger Gartenstraße betrieben, ein Mäzen und Förderer der Kunst, auch später noch, von seinem Gundelfinger Atelier aus. Darüber hinaus gebe es einen Curt Hans Chrysostomus Geiselhart, einen namhaften bildenden Künstler, und schlussendlich dessen Tochter und Kunsthistorikerin Katharina Geiselhart. Doch weder sei Curt mit Anton verwandt noch Hansjörg mit Katharina, noch Anton mit Anton, also mit ihm.

In Kassel hatte man ihm die Turmstube zugewiesen. Anton lehnte sich auf die geblümte Bettdecke zurück und legte die Füße auf den Möbelmarkt-Schreibtisch. Von seinem Doppelbett aus spiegelte ein kleiner TV-Bildschirm aus den Achtzigern seinen Bauchansatz. Eingeklemmt zwischen Heizungsrippen und einem rostfarbenen Kleiderschrank, der in seiner körperlichen Präsenz allen Möbeltrends der letzten dreißig Jahre getrotzt hatte, fristete ein Campingtisch sein Dasein, darunter befand sich die einzige Steckdose, die seinen Laptop, wenn schon nicht mit dem Internet, so wenigstens mit Strom versorgte. Auch die Matratze zeigte sich gegenüber jedem einzelnen seiner Rückenwirbel nachgiebig. Dass er auf den Kunstdruck an der Wand erst zuletzt aufmerksam wurde, lag nicht nur an seiner Ignoranz gegenüber Hotelbildern, sondern an der Tatsache, dass er hinter seinem Kopf hing.

Allein in seinem Hotelzimmer dachte Anton Geiselhart nach. Ich habe keinen Grund, verbittert zu sein, überlegte er. Schließlich gab es ja auch einen Kern, einen wenn auch sehr kleinen Kreis von Kunstinteressierten in der Stadt, in der er lebte und arbeitete, dessen Crème de la Crème nach München zum Friseur ging und übers Wochenende nach New York zum Shopping jettete und dabei auch hier und da ein Schnäppchen für eine Giacometti nachempfundene figürliche Skulptur machte, die man als avantgardistischen Geheimtipp in seinem Fluggepäck verstaute. Das hielt die Preise am Kunstmarkt hoch. Und während die Finanzkrisen kamen und gingen, erhielten die Künstler in Deutschland von ihren Galeristen weiterhin von Jahr zu Jahr bis zu vierzig Prozent pro Exponat. Bei Skulpturen war das Gewicht maßgebend, bei Gemälden die Zahl der bemalten Quadratzentimeter, durch das Entstehungsjahr dividiert und mit der Position auf der Rankingskala der meistgekauften Künstler multipliziert. Wenn er die Ergebnisse reziprok proportional zu seinem Nettoeinkommen als Museumsleiter – die Unterhaltszahlungen für seine drei Kinder aus erster Ehe schon abgezogen – gegenrechnete, ergab sich das Motiv für seinen Plan, der sich in seinem Kopf abzeichnete, von alleine.

Der Kunstdruck der Papiercollage von Kurt Schwitters über dem Kopfende seines Hotelbetts, ein aus Dresdner Fahrscheinen, Etiketten und einem Zeitungsausschnitt geschaffenes »Bommbild« aus dem Jahr 1919, nahm alles, was das vergangene Jahrhundert an Dekadenz, Perversionen und Tragödien hervorgebracht hatte, vorweg. Das Bild sprach von einer längst vergangenen Zeit, als sozialdemokratische Reichstagsabgeordnete ihrem letzten Wilhelm Kriegskredite bewilligten. Aus ihm sprachen die dadaistischen Kriegsgegner, die mit ihren künstlerischen Mitteln die Wortverdreher entlarvten, die den Ersten Weltkrieg vorbereitet hatten. Heute würde man, angenommen, man stünde auf der Seite einer kriegführenden Partei, Friedensmission sagen, Stabilisierungseinsatz oder Deeskalationsstrategie.

Das Original, so war unter dem Kunstdruck verzeichnet, maß zwölfkommavier mal neunkommasechs Zentimeter, klein genug, um es in einer Aktentasche oder einem Mantel verschwinden zu lassen. Sein Versicherungswert

betrug zwei Millionen, schätzte er, der Schwarzmarkt-
wert würde um ein Vielfaches höher liegen.

Als er das Bild bedächtig von der Wand nahm, zitterte
die Matratze unter seinen Knien. Sorgsam rahmte er
den Kunstdruck aus. Den leeren Rahmen zurück an die
Wand hängen? Oder in den Schrank legen? Das würde
dem Zimmerdienst auffallen. Kurz entschlossen entnahm
er dem Rahmen das am Glas haftende Schutzblatt, dessen
Rückseite ihm in jungfräulichem Weiß entgegenstrahlte.
Jetzt musste seine eigene kreative Ader zum Einsatz
kommen, deren pulsierenden Drang er zugunsten seiner
kunsthistorischen Tätigkeit immer unterdrückt hatte.
Anton Geiselhart holte aus seiner Laptoptasche einen
zerkauten Bleistiftstummel, der von einem silberglänzenden Stiftverlängerer aus seiner Grundschulzeit gehalten wurde, und begann zu zeichnen. Er, der es sich nie
zugetraut hatte, ein leeres Blatt mit den Zeichen seines
Lebens zu besetzen, der die Künstler dafür bewunderte,
wie sie spontane Metaphern erfanden für das Desaster
der menschlichen Existenz… Mit wenigen, entschlos-
senen Strichen warf er einen Baum auf das Blatt, stilis-
tisch zwischen abstraktem Expressionismus und narzis-
tischem Nihilismus. Als sein Strichgefüge in barocken
Formfindungen auszuufern begann, rief er sich zur Ordnung und erinnerte sich an den eigentlichen Zweck seines Tuns. Endlich zufrieden verfrachtete er sein Werk zurück in den Rahmen und hängte das Bild auf den Nagel
über dem Kopfende. Den postkartengroßen Schwitters-
Druck ließ er zunächst in seinem Reisekoffer verschwinden, um ihn sich am Abend darauf zwischen den Seiten

seines, mit seinem Restgeld erworbenen, opulenten documenta-Katalogs zu sichern.

Zurück in der Stadt, in der er lebte und arbeitete, bestand sein erster Verwaltungsakt als Privatmann im Ausdrucken seiner Kontoauszüge, die ihn wissen ließen, dass er in Kassel sein geduldetes Überziehungslimit bei Weitem überschritten hatte. Vor dem Kontoauszugsdrucker seiner Hausbank registrierte er in den Augenwinkeln den Direktor der Kunstabteilung des Geldinstituts und wie von fremder Hand geführt tastete seine Rechte nach dem Sitz seiner Krawatte. Der Direktor würde es bestimmt nicht nötig haben, ständig sein eigenes Bankkonto im Auge zu behalten. Denn wer zu den Kunstforum-Meetings der Stadt, bei denen er immer neben ihm saß, mit seinem – wenn auch gebrauchten – Maserati anfegte, der spielte finanziell sowieso in einer ganz anderen Liga, der er nie angehören würde. Nie – bis zu dem Tag, an dem sich sein Kasseler Plan erfüllen würde. Erleichtert registrierte er am Kontoauszugsdrucker, dass der Direktor ihn zwar bemerkt hatte, es aber bei einer erhobenen Gruß-hand bewenden ließ. Anton steckte die Kontoauszüge ein, ließ seinen Schlips los und ging hinüber zu seinem Büro.

»Ein Herr Aslan von Ihrem Hotel in Kassel hat angerufen!«, begrüßte ihn Didi.

Schweißausbruch.

»Sie haben Ihren documenta-Katalog liegen lassen.«

Entgleisen der Gesichtszüge.

»Er schickt ihn mit der Post.«

Lippenbeißen.

Didi grinste zweideutig.

»Ich habe veranlasst, dass er an Ihre Privatadresse geschickt wird. Schließlich handelte es sich ja um Ihre Privatkunstreise.«

Ungläubiges Erstaunen.

»Und das mit der Fehlbuchung tut mir leid.«

»Schwamm drüber!«, krächzte er, fuhr sich durch seinen angegrauten Bart und ließ sich erleichtert und erschöpft zugleich in seinen Schreibtischstuhl sinken, während Dietlinde Hegenbarth ihm ihre Pralinenschachtel über den Tisch schob.

»Und – was geht, Chef?« Didi schob ihre Designerbrille auf die Nasenwurzel zurück und sah ihn erwartungsvoll an.

»Lassen Sie sich mal die Nummer von Bahnhof Rolandseck geben.«

»Was für 'nen Bahnhof?«

»Rolandseck ist eine renommierte Kunstsammlung ein paar Kilometer südlich von Bonn. Sie besitzen ein Exponat, das wir unbedingt in unsere Collagenausstellung eingliedern müssen.«

»So kurzfristig? Sonntag ist doch schon Eröffnung!«

»Es ist ein Goldstück, das nicht fehlen darf. So groß wie eine Postkarte. Ich bin erst in Kassel darauf gekommen. Ein Schwitters!«

Ein geheimnisvoll-verführerisches Lächeln erschien auf Didis Mund.

»Sagt Ihnen der Name denn was?«, hakte Anton Geiselhart nach und riss seinen Blick von ihren schlanken Beinen los. Aber als Antwort erhielt er lediglich einen gezielten Griff in die Pralinenschachtel.

Am nächsten Vormittag, als er das DHL-Paket zu Hause erwartete, meldete er sich bei Didi krank. Auf seine arbeitslose Frau, mit der er drei weitere Kinder hatte, wollte er sich hinsichtlich der Paketannahme nicht unbedingt verlassen. Hundertzwanzig Minuten lang widerstand er dem dringenden Bedürfnis eines Toilettenbesuchs. Und während er an der Scheibe seines Wohnzimmerfensters klebte, konkretisierte sich seine Vorstellung, mit welchen Mitteln er den Kunstdruck in den Stand eines echten Schwitters erheben würde. Als er seinem Bedürfnis dann doch nachgab, hörte er die Haustürklingel. Wenig später – es klingelte zum zweiten Mal – erreichte er die Wohnungstür und drückte den Türöffner. Da vernahm er das Anspringen eines Dieselmotors und ließ die Schultern fallen. DHL hatte ihm eine Benachrichtigung in den Briefkasten geworfen. Auf einer beigehefteten roten Abholkarte fand er den Hinweis, er könne über ein vor der Postzentrale aufgestelltes Terminal unter Eingabe einer Identifizierungsnummer und mit Befolgen der Anweisungen eines dort befindlichen Bildschirms sein Paket abholen. Am nächsten Tag, nicht vor 14 Uhr.

Es würde knapp werden. Sehr knapp. Anton Geiselhart telefonierte sich zum Abteilungsleiter des Zustelldienstes durch, der ihm die Route des Zustellers verriet und ihm die Erlaubnis erteilte, diesem die »Beute« abzujagen. Irgendwo in einer Siedlung zwischen Gönningen und Erpfingen schnappte er sich vor einem der Einfamilienhäuser den DHL-Boten. Gegen ein seiner Meinung nach horrendes Trinkgeld von zwei Euro erhielt er sein ersehntes Päckchen.

Zurück bei seinem Wagen ließ er die Blätter des monumentalen documenta-Katalogs wie ein Kartenspiel durchlaufen, bis er endlich den Kunstdruck in seinen zitternden Händen hielt.

Auf der Rückfahrt in seinem gebrauchten Opel Corsa erinnerte er sich an die Reliefdrucktechnik, die ihm bei einem Atelierbesuch von Francois Wanninger, einem, wie er fand, der letzten großen Tief- und Flachdruckexperten des vergangenen Jahrhunderts, einmal vorgeführt worden war.

Mitten in seinen Überlegungen, wie er Wanningers druckexperimentelle Verfahren für eine Umgestaltung des Kunstdrucks verwenden könnte, schoss ihm im Treppenhaus vor der Wohnungstür seine Frau entgegen. Sie habe sich darauf verlassen, er hole sie vom Kosmetikstudio ab, aber er habe ja nur seinen Beruf im Kopf, tönte sie. Im ersten Moment dachte er, kein Wunder, dass wir mit dem Geld nicht klarkommen, wenn sie ständig zur Kosmetikerin rennt. Aber im zweiten Augenblick glaubte er, im wütenden Ausdruck ihrer Augen seine vergangene Verliebtheit wiederzuerkennen, und er dachte sich: Warte nur, balde. Dann gab er Arbeit vor und verschwand mit seinem documenta-Katalog in den Keller, wo er immer ungestört arbeiten durfte. Gegen achtzehn Uhr hatte er sein Werk vollendet. Abschließend steckte er einen extra weichen Bleistift – Härtegrad 9 B –, den er im Künstlerbedarfgroßhandel in Filderstadt erstanden hatte, in seinen silberglänzenden Stiftverlängerer und zeichnete sorgsam die Signatur nach. Dann schlich er sich aus dem Haus und ins Museum.

»Schwitters fehlt!«, hauchte Didi am nächsten Morgen.

Geiselhart spürte ihren heißen Atem an seinem Ohrläppchen und starrte bewegungslos auf die ersten Vernissagegäste, die bereits zwanzig Minuten vor elf Uhr die Stellwände neben den Besucherstühlen belagerten.

Wie in einem Film sah er sich am Vorabend an der Pforte des Kunstmuseums auf die Spediteure warten, wie sie ihm mit zweistündiger Verspätung um einundzwanzig Uhr den aluminiumbeschlagenen Container aushändigten, wie er – in Didis Gegenwart – den Empfang der Original-Collage aus dem Bahnhof Rolandseck bestätigte, wie er, als sich seine Sekretärin wieder ins Büro zurückgezogen hatte, im rückseitig gelegenen Rahmenlager verschwand, um das Bommbild behutsam auszurahmen und es durch seine im documenta-Katalog schlummernde Nachbildung samt Original-Rückwand zu ersetzen und das Original in den Tiefen seiner schweinsledernen Aktentasche zu versenken.

»Ich habe den Schwitters gestern Abend noch persönlich aufgehängt und Sie haben mir dabei assistiert, wenn ich mich recht erinnere«, antwortete er ihr gelassen.

»Dann kommen Sie mal mit!« Sie erwiderte sein Lächeln mit einem süffisanten Grinsen, drehte sich auf dem Absatz um und schoss voraus in die hinterste Ecke des Ausstellungsraums.

Mit aufsteigendem Ärger hetzte Geiselhart ihr nach.

Die Stellwand, auf der als exklusives Einzelexponat sein Schwitters-Double hängen sollte, starrte ihm kahl entgegen. Sein Blick fiel auf die unversehrt am Boden liegende

Glashaube, auf der die zwei Schrauben ruhten, mit denen er das Bild so mühsam vorschriftsmäßig gesichert hatte.

»Wie ist das möglich, haben Sie schon die Polizei ...?«, stieß er flüsternd hervor.

Mit stoisch anmutender Ruhe schüttelte seine Sekretärin den Kopf und öffnete ihre Lippenstiftlippen.

»Wir haben nun mehrere Möglichkeiten«, sagte sie leise.

»Wir«? Was sollte dieses vertrauliche »wir« plötzlich?

»Die erste ist: Wir hängen das Original zurück.«

Geiselhart schluckte und ließ den Satz auf sich wirken. Die Alarmanlage war nicht angegangen. Also konnte die Fälschung nicht über Nacht entwendet worden sein. Und Schlüssel zu den Ausstellungsräumen besaßen nur er und Didi. Aber was wusste sie?

»Guter Vorschlag«, versuchte er es mit einer Gegenoffensive. »Dann machen Sie das mal. Und zwar schnell, bevor es jemandem auffällt!«

Die Sekretärin setzte ein beleidigtes Gesicht auf.

»Wissen Sie, ich habe Sie in Kassel absichtlich in ein Zimmer mit einem berühmten Kunstwerk gelegt, um Ihnen eine Freude zu machen.«

Ein ungläubiges Lächeln erschien auf Geiselharts Gesicht.

»Und als Herr Aslan sagte, das Zimmermädchen hätte bemerkt, dass eine expressionistische Zeichnung über dem Bett aus dem Rahmen gerutscht war, dachte ich auch noch an nichts Schlimmes ...«

Was wollte sie von ihm? Hatte sie nicht von vornherein seine Nähe gesucht in der Absicht, sich diese Stelle als

seine Sekretärin zu erschleichen? Bei jeder Ausstellungs-
eröffnung hatte sie sich in die erste Reihe gesetzt. Nach
jeder seiner Vernissage-Reden hatte sie geduldig neben
dem Pult gewartet, um die Reihe der Gratulanten passieren zu lassen, um letztlich ihre feuchte Hand in die seine
zu schmuggeln und ihm zuzuhauchen, wie menschlich
tief seine wohlgewählten Worte sie berührt hätten.

»Im Gegensatz zum Original«, fuhr Dietlinde Hegenbarth unbeirrt fort, »weist Ihre – unbenommen hand-
werklich meisterhaft durchgeführte – Fälschung einen
fatalen Mangel auf.«

Geiselhart hob die Augenbrauen.

»Bei der Reproduktion Ihres Kunstdrucks wurden
nämlich die Ränder des Originals nicht freigestellt«, er-
läuterte Didi weiter. »Sie sehen das daran, dass beim Original…«

»Sie haben, während ich die Glashaube angeschraubt
habe, in meiner Aktentasche gewühlt?«

»Die Bleistiftlinien, mit denen Schwitters sein Bild-
format umriss, überkreuzen sich an den Ecken. Für den
Druck wurden diese Striche schlicht weggeschnitten.«

Aus ihrem Mund sprach sein Fachwissen. Offenbar
hatte sie seine Katalogtexte, für die sich sonst doch kein
Mensch interessiert, genau studiert! Und zwar sehr genau! Er verzog das Gesicht zu einer Grimasse. »Dann
muss ich Ihnen ja noch dankbar sein, dass Sie das Bild
vor den Augen des fachkundigen Publikums in Sicherheit gebracht haben!«

»Vor allem fällt deshalb auch die zweite Möglichkeit
flach.«

Geiselhart warf einen verstohlenen Blick über seine Schulter und sah sie misstrauisch an. Er hatte schon die erste Möglichkeit nicht begriffen, was meinte sie jetzt mit der zweiten?

»Ohne den Fehler in Ihrer Nachbildung, nein, Neu-schöpfung, so nennt man das doch, oder? Also wenn diese Striche noch drauf wären, hätten wir beide Schwit-ters auf den Schwarzmarkt werfen können – Original und Fälschung ... «

Er musste seine Gedanken ordnen. Die eine Möglich-keit wäre also, das Original an seinen Platz zu hängen, das hieße, er könnte die zwei Millionen in den Wind werfen und müsste Dietlinde Hegenbarth bis an sein Lebensende als Mitwisserin ertragen und aushalten. Und die zweite Möglichkeit? Der Schwindel würde aufflie-gen.

»Dann bleibt mir wohl nichts anderes übrig, als das Ori-ginal der Ausstellung zuzuführen«, sagte er zerknirscht.

»Oder wir hängen die Fälschung wieder hin und las-sen die Dinge auf uns zukommen.«

Sie wollte sich tatsächlich zur Komplizin machen?

»Und was machen wir dann mit dem Original?«, hörte er sich sagen.

»Früher, in Bitterfeld haben wir eigentlich immer alles miteinander geteilt«, erwiderte sie. »Aber das geht ja lei-der nicht mit Ihnen.«

Anton Geiselhart stutzte und Didi ließ ihr verführeri-sches Lächeln um den Mund spielen.

»Wir beide müssten ja mit dem Original untertauchen. Aber Sie sind ja leider familiär gebunden, oder?«

Geiselhart biss sich auf die Zähne.

»Doch ich kann Sie trösten. Ich schreib der Polizei 'ne Postkarte von Barbados, dass ich das war mit der Fälschung, wenn Sie erlauben …«

Damit ließ Dietlinde Hegenbarth den Museumsleiter stehen. Mit raschen Schritten erreichte sie die Eingangspforte des Städtischen Kunstmuseums Spendhaus Reutlingen und verschwand.

Geiselhart bahnte sich einen Weg durch die inzwischen zahlreich erschienenen Vernissagegäste. Endlich draußen sah er gerade noch, wie sich seine Sekretärin auf ein schwarzes Herrenfahrrad schwang.

Es gab Dinge, die nicht planbar waren, die jedoch, wenn man alle Möglichkeiten, alle Wendungen bis zur letzten Konsequenz durchdachte, vorhersehbar sein mussten. Das schwarze Herrenfahrrad hatte gestern Abend noch vor dem Museum gestanden, als er glaubte, Didi habe längst Feierabend gemacht. Und war es nicht zuvor schon Tag für Tag am Ständer um die Ecke angekettet gewesen?

Kurzentschlossen setzte sich Anton Geiselhart in seinen Opel Corsa. Weit konnte Dietlinde noch nicht gekommen sein. Auf dem Radweg neben der vierspurigen Ausfallstraße entdeckte er ihren langen grauen Mantel im Fahrtwind flattern und beschleunigte. Bei der nächsten Behelfsausfahrt, wo Radweg und Straße kurz zusammengeführt wurden, würde er das Steuer verziehen. Es würde wie ein Unfall aussehen. Aber ein Mord, dachte er dann, während der rote Zeiger des Tachos sich schon zitternd der 100 näherte, würde eine wesentlich sorgfältigere Planung erfordern als eine Kunstfälschung. Ein Mord müsste vor allem eines mit einbeziehen – er nahm den Fuß vom Gas – den menschlichen Faktor.

Elke Schwab

# Katz' verkaufe – selber mause

*Die Nacht war totenstill. Keine Motorengeräusche schall-*
*ten von der Straße herauf, keine Stimmen von Spätheim-*
*kehrern, keine Rufe von Nachtvögeln. Nichts! Plötzlich*
*drang ein leises Schaben, das eindeutig nicht hierher ge-*
*hörte, an das Ohr der alten Dame. Obwohl es kaum hör-*
*bar war, vernahm Philomena Kehrwisch es in aller Klar-*
*heit. Trotz ihrer 82 Jahre funktionierte ihr Gehör bestens.*
*Schon sah sie die Silhouette eines Mannes im Türrah-*
*men stehen. Sie verhielt sich ganz still. Unauffällig tas-*
*tete sie mit der rechten Hand unter dem Kopfkissen nach*
*dem Hausnotruf der Seniorenresidenz – fand dort jedoch*
*etwas anderes.*

*Sie hatte es geahnt. Ihre Tat sollte nicht ungesühnt*
*bleiben. Und doch war sie stolz auf sich, hatte sie doch*
*einmal mehr bewiesen, dass man sich im Leben nur auf*
*sich selbst verlassen konnte. Nicht umsonst lautete eine*
*wichtige Lebensweisheit der Schwaben: »Katz' verkaufe,*
*selber mause.« Und daran hatte sie sich gehalten.*

*Genau vierundzwanzig Stunden war es jetzt her…*

Dunkelheit und Kälte umgab sie. Philomena Kehrwisch
spürte Schmerzen in ihren alten Knochen. Sie war es
nicht mehr gewohnt, um diese Zeit schwere körperli-

che Tätigkeiten zu verrichten. Auch Agnes Böblinger, ihre Freundin, wirkte bleich und eingefallen. Ihr ängstlicher Gesichtsausdruck brachte Philomenas Entschlossenheit ins Wanken. Horst Weindl schien nichts von der Kälte und der gespannten Stimmung zu bemerken. Nur das Schaukeln und Schwanken auf der hohen Plattform war ein Problem, das niemand von ihnen mit eingeplant hatte. Sie mussten höllisch aufpassen, nicht in die Tiefe zu stürzen.

Als sie ihren akribisch ausgetüftelten Plan endlich umgesetzt hatten, kletterten sie die vielen Stufen hinab und waren heilfroh, wieder festen Boden unter den Füßen zu spüren. Zügig steuerten sie auf Horsts Auto zu, als Agnes plötzlich nach seinem Arm griff und flüsterte: »Dort steht jemand!«

Sie schauten in die angegebene Richtung, konnten aber nichts Ungewöhnliches entdecken. Nur Silhouetten von Bäumen, Sträuchern und Häusern in der Ferne, die pechschwarz von der mondhellen Nacht abstachen.

»Da war jemand, ich bin mir sicher«, beharrte sie.

Aber weder Horst noch Philomena ließen sich beirren. Sie stiegen ein und fuhren zurück zur Seniorenresidenz. Zum Glück hatte niemand ihren nächtlichen Ausflug bemerkt.

Völlig außer Atem betrat Philomena ihre kleine Zwei-Zimmer-Wohnung im dritten Stock. Sie wollte die Tür schließen, als ein Geräusch sie innehalten ließ. Wie versteinert stand sie da und lauschte. Müsste sie jetzt nicht schreien? Doch damit würde sie nicht nur sich selbst, sondern auch ihre Freunde verraten und alles käme ans

Tageslicht! Also galt auch hier, dass sie sich selbst helfen musste. Bisher hatte sich diese Devise für sie noch immer bewährt. Warum also nicht auch jetzt? Mit schweren Schritten ging sie hinein und zog die Tür hinter sich zu.

Nichts war mehr zu hören. Hatte sie sich getäuscht? Spielten ihre Nerven verrückt? Vermutlich halluzinierte sie vor Müdigkeit. Schwerfällig wankte sie ins Bad, wo sie sich ihres dicken Mantels und Kostüms entledigte, bevor sie sich ins Bett legte. Augenblicklich schlief sie ein.

Nach nur wenigen Stunden Schlaf erhob sie sich müde aus ihrem Bett, stellte sich vor den Spiegel und erschrak. Sie hatte ihre Haare nicht wie sonst vor dem Schlafengehen gekämmt. Wild und zerzaust standen die stahlgrauen Locken von ihrem Kopf ab. Es kostete sie einige Mühe, sie wieder zu richten. Dabei liefen ihr immer wieder Tränen über das Gesicht. Seit ihre Freundin Maria Gerstmair gestorben war, fühlte sie sich traurig und einsam. Angeblich hätte sie in der Badewanne einen Herzstillstand erlitten, hieß es. Dabei wusste Philomena genau, dass Maria ein Herz wie ein Stier hatte. Niemals wäre sie einfach so weggestorben.

Für das Leben in dieser Seniorenresidenz hatte sich Philomena freiwillig entschieden, weil es niemanden mehr in ihrer Familie gab, der sich um sie kümmern wollte. Die Kinder waren alle weit weggezogen und die Enkel hatten wenig Interesse an ihrer alten Oma. Also war es ihr nicht schwergefallen, ihr Häuschen zu verkaufen und von dem Geld das Angebot »Betreutes Wohnen« der Seniorenresidenz auf dem Stuttgarter Killesberg anzunehmen. Hier fühlte sie sich nicht allein, weil es Gleichgesinnte gab. Und das Beste war gewesen, dass Maria sie damals in diese Anlage begleitet hatte. Sie hatten so viele Pläne geschmiedet, wollten ihren letzten Lebensabschnitt so abwechslungsreich wie möglich gestalten und waren voller Tatendrang hier eingezogen. Nun war sie tot und Philomena fühlte sich für den Tod ihrer Freundin mitverantwortlich. Es war ihre Idee gewesen, sich der Obhut fremder Menschen anzuvertrauen. Niemals wäre sie auf den Gedanken gekommen, in einer angesehenen Seniorenresidenz solchen Machenschaften ausgesetzt zu sein. Das Pflegepersonal hatte auch immer einen kompetenten und zuverlässigen Eindruck gemacht.

Philomena schüttelte den Kopf. Vermutlich hatte es daran gelegen, dass Maria sich zu einer spendablen Geste hatte hinreißen lassen. Sie wollte dem netten Pfleger den Großteil ihres Vermögens vererben. Sollte das der Grund für ihr Ableben gewesen sein, bestätigte sich wieder mal eine alte Weisheit: Besser geizig und gesund als großzügig und tot!

Es klopfte. Sie verließ das Appartement und traf vor der Tür auf Agnes Böblinger und Horst Weindl. Die beiden wirkten ebenfalls übernächtigt. Agnes' Nase leuchtete so rot, dass Philomena schon das Schlimmste befürchtete. Diese Frau war nicht sehr belastbar. Vermutlich lag es daran, dass auch sie einen schweren Verlust hatte hinnehmen müssen. Agnes' Schwägerin Trudi Woidle war zwei Wochen zuvor ebenfalls in der Badewanne verstorben. Auch in ihrem Fall hieß es Herzstillstand. Bisher hatte Philomena von solchen Fällen gehört, aber niemals hätte sie gedacht, mal selbst davon betroffen zu sein.

Mit dem Fahrstuhl fuhren sie ins Erdgeschoss, wo sie ein reichhaltiges Frühstücksbüffet erwartete. Der Speisesaal war wie immer nur zur Hälfte besetzt. Die meisten Bewohner schliefen noch. Nachdem sich Philomena, Agnes und Horst mit Rührei, Toastbrot, Müsli und Obst versorgt hatten, ließen sie sich an ihrem Stammplatz direkt an der großen Fensterwand nieder und begannen zu essen. Schweigend ließen sie dabei ihre Blicke über das Panorama schweifen, das bis zum Killesbergturm reichte, eine filigrane Seilnetzkonstruktion mit zwei Treppen, die sich in Form zweier gegenläufiger Spiralen entlang des äußeren Turmrands wanden. Ein unscheinbarer zentraler Mast nahm alle Lasten auf sich, sodass die Stabilität nur durch die beiden Treppen mit mehreren Plattformen gewährleistet wurde. Die Treppen wiederum waren nur mit einem dünnen Druckring und einem Drahtseilnetz unterhalb der Turmspitze befestigt. Schweigend versanken sie in diesen Anblick.

Plötzlich schrie eine Frau vom Nachbartisch: »Dort hängt jemand am Killesbergturm!«

Vor Schreck ließ Philomena ihr Besteck fallen. Laut klirrend schlug es zuerst gegen das Porzellan, bevor es scheppernd auf den Boden krachte.

»Was?« »Wo?« »Ein Mensch?« »Wie kann das sein?«, schrien alle gleichzeitig, erhoben sich von ihren Plätzen und drängten sich an die Fensterfront.

Horst Weindl erhob sich ebenfalls, setzte seine Brille auf und schaute zum besagten Turm. Doch sofort schimpfte er los: »So ein Mist! Mit dieser Brille sehe ich überhaupt nichts!« Hastig zog er sie von der Nase und versuchte erneut, etwas zu erkennen. Doch das einzige, was er von sich gab, war ein Schulterzucken. »Jetzt sehe ich auch nicht besser.«

»Ich brauche nicht erst hinzuschauen«, gab Philomena zu verstehen. »Meine Augen reichen nicht so weit.«

»Ich dachte, du hast einen Termin beim Augenoptiker«, wandte Agnes mit ihrer hellen, schrillen Stimme ein.

»Was soll ich dort?«, fragte Philomena. »Der schwatzt mir eine teure Brille auf, aber die Krankenkasse zahlt mir keinen Pfennig dazu. Das Geld spare ich mir lieber und begnüge mich mit dem, was ich sehe.«

Die junge Pflegerin Pauline stürmte mit einem Fernglas in der Hand in den Speisesaal. Sie setzte es an und schaute zu dem geschwungenen Turm, der majestätisch in die Höhe ragte. Erwartungsvoll warteten alle ab. Doch mit einem Kopfschütteln meinte sie nur: »Dort hängt niemand! Mal wieder ein Hirngespinst.« Sie eilte hinaus.

»Was hat das zu bedeuten?«, fragte Philomena fassungslos.

»Ganz einfach: Das Pflegepersonal nimmt uns nicht ernst«, antwortete Agnes. »Wir sind alt und verwirrt.«

»*Der sod ma da Dibbl bohra!*«, grummelte Philomena.

»Was murmelst du da?«, hakte Horst nach. »Das Gehirn waschen? Lass es lieber! Du willst doch nichts riskieren, oder?«

Philomena schaute auf den Mann, der mindestens fünf Jahre älter als sie war und trotzdem nichts von seiner Autorität eingebüßt hatte. Mit hellwachen Augen fixierte er sie durch seine starken Brillengläser, bis sie nachgab und nickte.

»Gut so! Ich werde mich jetzt in die Massage begeben«, beschloss er. »Mein Rücken schmerzt höllisch.«

»Ich mache meine morgendliche Sauna!« Mit den Worten verabschiedete sich Agnes. »Das stärkt das Immunsystem.«

Plötzlich stand Philomena allein da. Sie überlegte, einige Bahnen im Swimmingpool zu schwimmen, doch der Plan wurde ihr vereitelt. Pflegerin Pauline betrat mit einem jungen Mann den Speisesaal und steuerte sofort auf sie zu.

»Mein Name ist Kurt Weber und ich bin Kriminaloberkommissar vom Polizeipräsidium Stuttgart«, stellte sich der dunkelhaarige Mann vor.

Philomenas Knie wurden weich. Sie ließ sich auf den Stuhl zurücksinken, den sie gerade verlassen wollte, und fragte: »Ermitteln Sie in den Fällen Maria Gerstmair und Trudi Woidle?«

»Wer ist das?«, fragte der Kommissar verwirrt zurück.

»Ein Hirngespinst dieser alten Dame«, mischte sich die Pflegerin ein. Doch Philomena wischte deren Kommentar mit einer gebieterischen Handbewegung beiseite und sagte: »Ich bin keinesfalls verwirrt, nur weil ich alt bin. Trudi Woidle ist vor zwei Wochen tot in der Badewanne gefunden worden und Maria Gerstmair vor fünf Tagen. Beide Frauen waren kerngesund.«

»Ich bin hier, weil ein Altenpfleger dieses Hauses tot aufgefunden wurde«, erklärte Kurt Weber endlich sein Anliegen.

»Wer?«

»Tim Gröwig! Sagt Ihnen der Name etwas?«

Philomena starrte den Kommissar eine Weile an, bis sie nickte und fragte: »Sie sagten, tot aufgefunden? Aber Tim ist doch noch so jung!«

»Man fand ihn erhängt am Killesbergturm.«

Philomena dachte sofort an die Aufregung, die kurz zuvor im Speisesaal geherrscht hatte.

»Wie gut kannten Sie ihn?«, fragte Weber weiter.

»So gut, wie man einen Pfleger eben kennt«, erklärte Philomena ausweichend. »Aber nicht nur ich kenne ihn, sondern alle Bewohner der dritten Etage in diesem Haus. Das ist nämlich sein Arbeitsbereich. Warum kommen Sie mit Ihren Fragen ausgerechnet zu mir?«

»Zufällig stelle ich hier die Fragen.«

»Nun spielen Sie sich mal nicht so auf, junger Mann«, trumpfte Philomena böse auf. »Noch grün hinter den Ohren aber mir Vorschriften machen wollen. *Schaffe, schaffe – Häusle baue, Katz' verkaufe – selber mause!* Schon mal was davon gehört?«

Kurt Weber errötete, was seinen Charme noch mehr betonte. Er setzte sich der alten Dame gegenüber an den Tisch, nestelte nervös an seiner Aktentasche, bis er ein technisches Gerät herauszog, auf dem er etwas zu tippen begann.

»Was ist das?«

»Ein I-Pad! Darauf notiere ich unser Gespräch, das wir später ins Protokoll aufnehmen.«

»Könnt ihr nichts mehr von Hand schreiben – so wie es früher einmal war? Muss heute alles maschinell erledigt werden?«

»Es ist der kürzere Arbeitsweg, weil die Ermittlungen schnell gehen müssen«, erklärte der Kriminaloberkommissar.

»Da hätte die Kripo von Stuttgart mal besser einen unserer Landsleute eingestellt – anstatt so a Neigschmeckter.«

Die Pflegerin verließ die beiden, als sie bemerkte, dass das Gespräch nicht so interessant zu werden versprach, wie sie anfangs gedacht hatte. Als Philomena Kehrwisch und der Kommissar allein waren, fragte sie ihr Gegenüber: »Warum ermitteln Sie in einem Selbstmordfall?«

»Wer sagt, dass wir es hier mit Selbstmord zu tun haben?«

»Sie!«, trumpfte Philomena auf. »Sie haben gesagt, er sei erhängt aufgefunden worden.«

»Das stimmt! Aber Tim Gröwig war schon tot, als er erhängt wurde. Er ist vorher mit einem Kissen erstickt worden.«

»Ach du meine Güte!« Philomena hielt erschrocken die Hand vor den Mund. »Und sowas können Sie feststellen?«

»Nicht ich, der Gerichtsmediziner. Kleine Partikel von Gänsedaunen waren in seiner Lunge zu finden.«

Philomena wurde heiß und kalt gleichzeitig. Mit gereiztem Unterton fragte sie: »Und was wollen Sie von mir wissen? Doch wohl nicht, wo ich heute Nacht war?«

»Genau das! Sie scheinen ja gut informiert zu sein, wann der Pfleger getötet wurde.«

Schon wieder stieg eine Hitzewelle in ihr Gesicht. Sie ärgerte sich über diesen Lapsus, den sie mit einer neuen

Attacke bekämpfte: »Die Kirche bleibt im Dorf, junger Mann! Schauen Sie mal aus dem Fenster! Was glauben Sie, was wir hier heute Morgen beobachtet haben?«

Weber staunte, als er den Killesbergturm erblickte. »Stimmt! Daher sind Sie so gut informiert.«

»Genau!«

»Waren Sie schon mal auf diesem Aussichtsturm?«

»Nein! Das ist nichts für eine alte Frau wie mich. Das ganze Gebilde schaukelt, dass mir dort nur schwindelig würde und ich herunterfallen könnte.«

»Dafür, dass Sie noch nicht oben waren, wissen Sie aber gut Bescheid, wie es dort ist.«

»Sie sind an *Erdafetz*!«, tadelte Philomena mit erhobenem Zeigefinger. Sofort sah sie dem Kommissar an, dass er den Begriff nicht kannte. Damit gewann sie endlich wieder Oberwasser. Dabei könnte man *Schlitzohr* oder *Erdafetz* auch durchaus als Komplement ansehen, dachte sie – sprach es aber nicht aus. Seine Unwissenheit gefiel ihr. Laut sagte sie nur: »Glauben Sie, ich höre nicht zu, wenn andere davon berichten, wie es auf dem Turm ist?«

»Na gut! Dann will ich von Ihnen wissen, mit wem Tim Gröwig hier engeren Kontakt hatte«, lenkte der Kommissar schnell ein.

Philomena überlegte eine Weile, bis sie antwortete: »Tim hat einen Freund, der hier auch als Pfleger arbeitet. Den sollten Sie sich mal vorknöpfen und nicht mich. Er heißt Adrian Behnke.«

»Den werde ich mir nicht vorknöpfen, sondern befragen«, stellte Weber klar. »Und wissen Sie vielleicht, ob Tim Gröwig Feinde hatte?«

»Aber z'faul zom selba essa sind Sie nicht, was?«, zischte Philomena ungehalten. »Soll ich Ihre Arbeit machen?«

Weber schluckte, schaute auf sein I-Pad und sprach hastig weiter: »Wie Sie bereits erwähnt haben, sind in den letzten beiden Wochen zwei ältere Damen an einem plötzlichen Herztod verstorben. Beide Damen wohnten auf der dritten Etage – also in Tim Gröwigs Arbeitsbereich.«

Philomena horchte auf.

»Wurden diese beiden Todesfälle näher untersucht?«

»Nein! Meine Freundin Agnes Böblinger hatte Zweifel an Trudi Woidles Tod angemeldet. Und ich habe den Tod meiner Freundin Maria Gerstmair sogar bei der Kriminalpolizei angezeigt. Aber keinen hat es geschert. Dabei sollte die Kripo in Stuttgart uns Schwaben besser kennen.«

»Was wollen Sie damit sagen?«

»Haben Sie schon wieder vergessen, was ich Ihnen noch vor wenigen Minuten gesagt habe? Wir Schwaben fackeln nicht lange, wir handeln.«

»Ist das eine Drohung?«

»Sehen Sie es, wie Sie wollen«, gab Philomena unfreundlich zurück.

Kurt Weber verabschiedete sich und verließ den Speisesaal. Philomena blieb so lange am Tisch sitzen, bis Agnes und Horst von ihren Wellness-Programmen zurückkehrten und sich zu ihr setzten.

»Immer noch hier oder schon wieder?«, fragte Horst süffisant.

Philomena ging nicht auf die Anspielung ein, sondern berichtete von ihrem Gespräch mit dem Kriminalkommissar.

»Die sind aber schnell auf unser Haus gekommen«, murrte Horst.

»Es hat wohl doch einen Zeugen gegeben!« Agnes erblasste. Sie erinnerte sich daran, in der Nacht jemanden in ihrer Nähe gesehen zu haben.

»Keine Sorge«, beruhigte Philomena schnell. »Das ist nur a Neigschmeckter! Der kann uns nicht gefährlich werden.«

Eine Weile starrten sie sich ratlos an, bis Horst meinte: »Ich schlage vor, wir gehen in unsere Besenwirtschaft *Zum Trollsche*. Dort erfahren wir bestimmt mehr über die Sache. Der gute alte Trollsche ist doch immer über alles informiert.«

»Hat der wieder geöffnet?«, fragte Philomena.

»Ja! Ich habe den Besen über seiner Tür gesehen.«

»Worauf warten wir noch?«

»Wenn wir zu Fuß gehen, muss ich meinen Rollator mitnehmen«, stellte Agnes klar und warf einen unsicheren Blick auf Horst.

»Nein, das musst du nicht. Du hängst dich in meinen Arm ein, dann kann dir nichts passieren.«

Lächelnd nahm sie Horsts Angebot an und zusammen marschierten sie los. Von Weitem sahen sie bestätigt, was Horst ihnen prophezeit hatte. Die Besenwirtschaft *Zum Trollsche* war geöffnet. Der Besen prangte über der Eingangstür und rechts und links waren auf Kreidetafeln Trollsches Angebote zu lesen. Zu essen gab es an diesem

Tag »Saure Kutteln in Trollingersauce« für fünf Euro und dazu den passenden Wein. Mit Hunger und Durst traten Philomena, Agnes und Horst in die gute Stube, die lediglich aus einem Raum mit einem großen, runden Holztisch und einer Theke bestand. Einige Gäste aus der Nachbarschaft saßen bereits dort und tranken den Wein, dem der Wirt seinen Spitznamen verdankte, den Trollinger. Die drei Senioren setzten sich dazu und wurden sofort ins Gespräch miteinbezogen.

»Habt ihr schon von dem Toten auf dem Killesbergturm gehört?«, lautete die erste Frage, kaum dass sie sich niedergelassen hatten. Besser hätte es nicht klappen können.

Philomena gab ein erstauntes »Nein« von sich.

»Wie kann das sein?«, kam sofort die Frage zurück. »Er hing am Killesbergturm. Den könnt ihr doch vom Speisesaal aus sehen.«

»Der Turm ist bestimmt einen ganzen Kilometer Luftlinie von unserem Haus entfernt«, hielt Philomena dagegen. »Glaubt ihr etwa, wir gehen mit dem Fernglas zum Frühstück?«

»Heidenei! Reg dich doch nicht gleich so auf«, beschwichtigte der dicke Mann sofort, als seine bestellten Kutteln endlich auf einem großen Teller serviert wurden. Trollsche setzte dabei einen Blick auf, der Stolz verriet. Dieses Gericht war seine Spezialität. Dafür kamen die Gäste von nah und fern.

»Es ist ein Pfleger aus eurem Haus«, fügte nun die Ehefrau des Gastes an. »Deshalb dachten wir, dass Sie etwas darüber wüssten.«

Agnes und Philomena saßen wie versteinert da. Horst war es, der etwas dazu beitrug: »Ich habe den jungen Tim Gröwig heute noch gar nicht gesehen.«

»Ja! So heißt er«, rief der Dicke mit vollem Mund. »Hat wohl den Bordstein nicht gekehrt.« Lauthals lachte er über seinen Witz.

»In der dritten Etage muss man keinen Bordstein kehren«, belehrte Philomena pikiert.

»Dann hat er eure Zimmer nicht geputzt«, stichelte er weiter.

»Niemand putzt unsere Zimmer«, schaltete sich Horst ein. »Das machen wir selbst. Oder glaubst du, wir wollen uns auf die faule Haut legen, seit wir in der Seniorenresidenz wohnen?«

»Sollte ein Witz sein«, beschwichtigte der kauende Gast. »Jetzt mal im Ernst: Ich habe gehört, dass dieser Pfleger den alten Damen so galant daher machen konnte, dass sie ihm ihr Erbe vermacht haben.«

»Und wer sollte ihn deshalb umbringen? Wenn er von einer Mitbewohnerin etwas geerbt hat, dann doch nur, weil es keinen anderen Erben gab«, meinte Philomena naserümpfend.

Damit brachte sie den kauenden Mann aus dem Konzept. Mit offenem Mund starrte er Philomena an. »Tja«, murmelte er daraufhin leise. »*Ma ka koin Furz uf a Brett nagla.*«

»Stimmt! Also wurde der Pfleger aus einem anderen Grund getötet«, pflichtete Philomena ihm bei und hoffte, dass er schnell weiterkaute und vor allem herunterschluckte.

»Für einen Altenpfleger hat Tim auf großem Fuß gelebt«, meinte die Ehefrau, die gerade ebenfalls Kutteln serviert bekam. »Er fuhr einen schicken Sportwagen und ist in den teuersten Lokalen eingekehrt. Wer weiß, in welchen Kreisen er sich herumgetrieben hat.«

»Da ist Tim aber nicht der einzige«, mischte sich ein drahtiger, grauhaariger Mann in das Gespräch ein.

»Wer denn noch?«

»Ein junger Mann, der auch als Altenpfleger in Ihrer Seniorenresidenz arbeitet. Aber seinen Namen weiß ich nicht mehr. Klingt so ausländisch, deshalb kann ich ihn mir nicht merken.«

Philomena, Agnes und Horst schauten sich an und ahnten, dass Adrian Behnke damit gemeint war. Doch als ihnen die Kutteln und der Wein auf den Tisch gestellt wurden, waren diese Dinge sofort nebensächlich. Die Portionen waren reichlich und die Senioren hinterher rundum zufrieden, als sie den Rückweg antraten.

Nachdem die Besenwirtschaft aus ihrem Blickfeld verschwunden war, sprach Philomena aus, was sie beschäftigte: »Heute Nacht hatte ich das Gefühl, dass jemand in meinem Appartement war, als wir zurückgekommen sind.«

»Warum sagst du das jetzt erst?«, fragte Horst vorwurfsvoll.

»Weil ich mich erst durch den Hinweis auf den Pfleger Adrian Behnke wieder daran erinnert habe«, rechtfertigte sich Philomena.

»Wenn er es war, den ich letzte Nacht gesehen habe, sind wir in Gefahr«, bangte Agnes.

»Ich hätte nichts sagen sollen«, murrte Philomena. »Ich hatte vermutlich nur eine Halluzination, weil ich todmüde war.«

»Aber ein ungutes Gefühl bleibt!«, stellte Horst klar.

Schweigend setzten sie ihren Weg fort.

Kaum kam das große Areal der Seniorenresidenz in Sicht, sahen sie mehrere Polizeiwagen und Polizisten, die dort umherliefen. Ein bekanntes Gesicht war darunter, das von Kriminaloberkommissar Kurt Weber.

»Was machen wir jetzt?«, fragte Agnes ängstlich.

»Wir treten die Flucht nach vorn an!«, bestimmte Philomena.

Mit zügigen Schritten trat sie auf den jungen Beamten zu und fragte ihn: »Tragen Sie gerade etwas raus, was uns gehört?«

Kurt Weber setzte sein entwaffnendes Lachen auf, sodass Philomena sich sofort über ihre freche Frage selbst ärgerte.

»Keine Sorge! Wir nehmen Ihnen nichts weg! Unsere Untersuchungen haben ergeben, dass der Mord in diesem Haus passiert ist. Jetzt sind wir auf der Suche nach Beweisstücken, die wir in unserem Labor untersuchen müssen.«

»Sie meinen *die Morde*?«, hakte Philomena nach.

»Nein! Der Mord an dem Pfleger«, präzisierte der Kommissar. »Das Kissen haben wir bereits gefunden. Er wurde im Bereitschaftsraum für die Pfleger getötet – vermutlich im Schlaf überrascht – und anschließend zum Killesbergturm gebracht.«

»Wenn Sie schon dabei sind, alles in Sicherheit zu

bringen, dann können Sie sich auch gleich in den Appartements von Trudi Woidle und Maria Gerstmair umsehen«, schallte plötzlich Agnes' helle Stimme so laut dazwischen, dass alle erschrocken innehielten und auf die kleine Gruppe von Menschen schauten.

Kurt Weber grinste gönnerhaft und antwortete: »Sie werden es nicht glauben, aber ich habe in diesen beiden Fällen schon erste Schritte eingeleitet.«

»Erste Schritte?«, wiederholte Philomena verdutzt. »Klingt so, als hätten Sie gerade erst eine Ermittlungsakte angelegt.«

Überrascht schaute Weber auf die Dame, zog eine Augenbraue hoch und fragte: »Kann es sein, dass ich es hier mit einer schwäbischen Miss Marple zu tun habe?«

»Gut möglich«, erwiderte Philomena, die diesen Vergleich genoss. »Also sehen Sie sich vor, junger Mann.«

»Oder Sie sehen Sich vor, Miss Marple«, entgegnete der Kommissar spitz. »Wir haben die Leichen der beiden Frauen exhumiert.«

Agnes stieß einen Schrei aus und sank nieder. Horst gelang es in letzter Sekunde, sie aufzufangen, damit sie nicht auf den harten, kalten Asphalt aufschlug. Er hob die Frau auf seine Arme und trug sie in die Seniorenresidenz. Der Anblick löste in Philomena ein Déjà-vu-Erlebnis aus. Auch der Pfleger Tim Gröwig war klein und zierlich gewesen …

»Der Mann verfügt über erstaunliche Kräfte«, stellte Weber fest, als er Horst hinterherschaute. Philomena ließ diese Bemerkung lieber unkommentiert. Rasch folgte sie Horst.

Die Nacht war totenstill. Keine Motorengeräusche schallten von der Straße herauf, keine Stimmen von Spätheimkehrern, keine Rufe von Nachtvögeln. Nichts! Plötzlich drang ein leises Schaben, das eindeutig nicht hierher gehörte, an das Ohr der alten Dame. Obwohl es kaum hörbar war, vernahm Philomena Kehrwisch es in aller Klarheit. Trotz ihrer 82 Jahre funktionierte ihr Gehör bestens. Schon sah sie die Silhouette eines Mannes im Türrahmen stehen. Sie verhielt sich ganz still. Unauffällig tastete sie mit der rechten Hand unter dem Kopfkissen nach dem Hausnotruf der Seniorenresidenz – fand dort jedoch etwas anderes.

Sie hatte es geahnt. Ihre Tat sollte nicht ungesühnt bleiben. Und doch war sie stolz auf sich, hatte sie doch einmal mehr bewiesen, dass man sich im Leben nur auf sich selbst verlassen konnte. Nicht umsonst lautete eine wichtige Lebensweisheit der Schwaben: *Katz' verkaufe, selber mause.* Und daran hatte sie sich gehalten.

Genau vierundzwanzig Stunden war es jetzt her…

Aber sterben wollte sie deshalb nicht. Und sie ahnte, was ihr blühte, wenn sie nicht aufpasste. Zwei Frauen haben schon dran glauben müssen und niemand in diesem Haus wollte wahrhaben, dass es sich dabei um Verbrechen handelte. Sie wollte nicht das dritte Opfer sein. Jetzt gab es für sie nur noch eine Chance. Sie zog das Messer, das sie anstelle des Hausnotrufs unter dem Kopfkissen versteckt hatte, hervor und wartete.

Schon beugte er sich zu ihr herunter. Er wollte sich davon überzeugen, dass sie schlief. Genau in diesem Augenblick stach Philomena zu.

Fast gleichzeitig blendete sie grelles Licht. Sie sah den Pfleger Adrian blutüberströmt neben ihrem Bett liegen.

»Gott sei Dank! Dir ist nichts passiert«, hörte sie Horsts Stimme. In einem gestreiften Morgenmantel lief er auf Philomena zu. Ihm folgte Kriminaloberkommissar Kurt Weber.

Philomena traute ihren Augen nicht.

»Hast du die Polizei gerufen?«, fragte sie überrascht.

»Ja! Ich habe bis jetzt im Aufenthaltsraum gesessen, weil ich nicht schlafen konnte. Da sah ich den Pfleger Adrian in den dritten Stock fahren und habe sofort die Polizei gerufen. Adrian hat heute nämlich keinen Dienst, deshalb war ich sofort alarmiert, als ich ihn hier sah. Und deine Erwähnung, dass letzte Nacht jemand in deinem Appartement war, hat mich nicht mehr in Ruhe gelassen.«

»Einen guten Freund haben Sie da«, lobte der Kommissar und zeigte Philomena das Skalpell, das er aus Adrians Hand genommen hatte. »Horst Weindl hat Ihnen das Leben gerettet.«

»Und was treibt Sie zur nächtlichen Stunde zu mir?«, fragte Philomena spitz. »Bestimmt nicht Ihre Sorge um eine alte Frau wie mich.«

»Doch! Genau das!«, widersprach Weber. »Sie hatten recht mit Ihrer Vermutung, dass die beiden Frauen keines natürlichen Todes gestorben sind. Man hat ihnen Kalium injiziert, was einen Herzstillstand zur Folge hat und wie ein natürlicher Tod aussieht. Deshalb bin ich sofort gekommen, als Horst Weindls Anruf bei uns eintraf. Sie sind mir mit ihrer frechen Schnauze tatsächlich ans Herz gewachsen. Da wollte ich nichts riskieren.«

Philomena musste lachen.

»Außerdem haben wir die Kontodaten von sämtlichen Pflegern überprüft und siehe da, bei Tim Gröwig und Adrian Behnke sind immer dann größere Summen eingezahlt worden, wenn eine Bewohnerin dieses Hauses verstorben ist.« Der Kommissar schaute die im Bett liegende Frau grinsend an und fügte hinzu: »Wenn Sie Miss Marple sein wollen, bin ich Sherlock Holmes.«

»Das ändert nichts daran, dass ich mein Schicksal lieber selbst in die Hand nehme«, beharrte Philomena. »Oder glauben Sie ernsthaft, ich schaue Leuten wie Tim einfach dabei zu, wie sie meine beste Freundin oder Agnes' Schwägerin aus dem Leben befördern, um ihre Erbschaft zu kassieren? Auch wenn die Bewohner dieses Hauses schon sehr betagt sind, sollte man sie trotzdem nicht unterschätzen.«

»Das habe ich gerade nicht gehört!« Kurt Weber verzog sein Gesicht zu einer vielsagenden Grimasse. »Denn sogar als Neigschmeckter habe ich Ihren schlauen Spruch endlich verstanden.«

»Welchen schlauen Spruch?«

»*Katz verkaufe, selber mause!*«

## Bernd Leix
# Klosterlachen

Jeder muss durch – mittendurch – zwangsweise. Wer auf seiner Schwarzwaldreise das Kinzigtal durchfährt, dem bleibt keine Wahl. Er kann nicht ausweichen. Weder Tunnel, wie in Schiltach, Wolfach oder Hausach, noch Umgehungsstraßen erleichtern die Fahrt.

Wer mit dem Auto von Nord nach Süd möchte, also von Württemberg nach Baden, oder umgekehrt natürlich, der hat in Alpirsbach, dem letzten schwäbischen Ort vor der badischen Grenze keine Alternative. Er darf das Städtchen in seiner ganzen Länge und Enge genießen.

Wer hier wohnen möchte, muss fast immer auf die Hanglagen ausweichen. Unten im ebenen Talgrund ist es voll. Das Flüsschen Kinzig, die Bundesstraße und die Bahnlinie, dazu noch Handel und Gewerbe, einige alte Fabrikgebäude und sich drängende Wohnhäuser, mehr Platz gibt es nicht.

Doch halt – das Wichtigste – fast vergessen! Die Keimzelle Alpirsbachs, die neben der Brauerei den Stadtkern dominiert, mehr als 900 Jahre alt, ein massiges Geviert, ganz aus rotem Buntsandstein gebaut, auf der ersten leichten Anhöhe gelegen und täglich von einer Menge Touristen bestaunt: das Kloster.

Ora et labora, bete und arbeite. Das Motto der Benediktiner galt viele Jahrhunderte lang, doch vor allem in den schneereichen Schwarzwaldwintern hatten die Brüder im alten Sandsteingemäuer damals nicht viel zu lachen. Enge, kalte Zellen, nur ein geheizter Raum im ganzen Kloster – keine Aussicht auf ein langes, gesundes oder gar komfortables Leben. Dennoch harrten die Mönche aus, bis zu ihrer Vertreibung im Zeitalter der Reformation.

Und heute?

Ein paar Querelen rund ums Kloster. Kleinere Rangeleien zwischen Stadt und Evangelischer Kirche – zum Lachen? Eher lächerlich …

Ein Lächeln aber, das gibt es schon. Es erscheint immer dann auf den Gesichtern der Gäste, wenn einmal im Jahr die knapp 12 Meter hohe und fast 17 Tonnen schwere Orgelskulptur auf ihren Luftkissen durch die Kirche schwebt. Eine fahrbare Orgel – die erste und einzige in Deutschland – was für ein imposantes Meisterstück vollkommener Handwerkskunst! Jeder, der zusieht, wie sie von ihrem Platz im Querschiff bis mitten ins Zentrum der Klosterkirche hinein verschoben wird, der kann gar nicht anders – er muss lächeln.

Doch ein Lachen, ein richtig pralles, schallendes Lachen, das gab es in der Alpirsbacher Klosterkirche bisher nicht – noch nicht.

Ein Lachen, das sich an den zahlreichen Säulen und den romanischen Rundbögen bricht.

Ein Lachen, das am schweinslederbezogenen Eingangstor, auf der Empore, in den Seitenschiffen und der Apsis widerhallt.

Ein Lachen, zuerst so klar und hell wie das berühmte Brauwasser, dann spöttisch und höhnisch, langsam immer lauter und greller werdend, anschwellend, dissonant, schrecklich verzerrt, furchtbar.

Eben noch waren sie fasziniert von den Klängen des Chorals »Oh Haupt voll Blut und Wunden«. Jetzt sitzen die Gäste der sommerlichen Orgelmatinee starr vor Schreck auf den flechtrohrbezogenen Stühlen – wie festgenagelt, unfähig, sich zu rühren.

Gleichzeitig aber suchen Hunderte von Augenpaaren im Kirchenraum nach dem Ursprung des Ungeheuerlichen. Niemand kann es orten. Der Schall ist überall und nirgends. Oder kommt er doch hoch aus dem Querschiff, in dem der Marienaltar steht?

Plötzlich Stille. Schlagartig ist das fürchterliche Lachen verstummt.

Jetzt drehen sich Köpfe, recken sich Oberkörper, stehen Einzelne auf. Ein Raunen geht durch die Kirche. Wie das Lachen erst leise, dann immer schneller anschwellend. Mehrere Minuten lang.

Auf einmal ein beginnendes Kreischen. Vereinzelt, dann lauter, schriller. Arme, die sich heben. Hände, die seitwärts in die Höhe zeigen. Richtung Empore. Konzertbesucher springen dort von ihren Stühlen empor und wischen über die Kleidung.

Jetzt sieht man es deutlicher. Es muss die Lampe sein. Eine der Hängelampen, dort hinter dem Bogen zwischen Haupt- und Seitenschiff. Es tropft! Vom hellen Lampenschirm tropft es. Wasser? Nein, eine dunkle Flüssigkeit. Einige Gäste sind bereits benetzt. Eine Frau schreit auf.

Rote Flecke auf ihrem weißen Blazer. Entsetzt weichen immer mehr Besucher zurück und starren nach oben. Dicke Tropfen rinnen entlang des schwarzen Kabels von der Decke herunter, sammeln sich am unteren Rand des Lampenschirms und fallen von dort zu Boden.

Fassungslos stehen die Leute im Kreis und schauen zu. Die dunkle Pfütze auf den rötlich hellen Sandsteinplatten breitet sich mehr und mehr aus. Der Mesner eilt herbei und bahnt sich einen Weg durch die Menge.

»Blut?« kommt fragend aus der Runde. »Blut? Ist das Blut?«

Auch der Kantor hat mittlerweile seinen Platz an der Orgel verlassen und versucht, einen Blick zu erhaschen. »Wir müssen da hoch.« Er zeigt zuerst nach oben und dann zum Mesner. Der schaut zweifelnd. »Wer kommt mit? Mutige vor.«

Einige Männer nicken: »Wir sind dabei.« Einigkeit macht stark. Etwas Angenehmes würde sie nicht erwarten, dort oben auf dem Dachboden über dem Seitenschiff. Dennoch trauen sie sich.

Der Mesner setzt sich an die Spitze des Zuges, danach der Kantor und zwei Kirchengemeinderäte. Immer mehr Besucher schließen sich an – selbst einige Frauen sind dabei – und folgen über die Treppe.

Bedächtig schließt der Mann die Tür auf, die zum Dorment führt, dem vor einigen Jahren restaurierten Schlafbereich der Mönche. Licht flammt auf. »Psst – psst.« Alle erstarren, doch aus dem Raum dringt kein Laut. Vorsichtig zieht die Menge an den Zellen der Klosterbrüder vorbei. Dann eine Treppe. Alle verharren.

Der Mesner steigt hoch und drückt die schwere Falltür auf, die das Treppenloch von oben abschließt. Ein eisernes Gegengewicht, das an einem umgelenkten Stahlseil hängt, erleichtert das Öffnen.

Langsam folgt die Gruppe. Auch dort – ängstliches Lauschen – nichts zu hören, also weiter.

Noch weiter nach oben. Diesmal bestehen die Stufen aus uralten, massiven, dreikantigen Holzbalken.

Alle blicken gespannt nach vorne. Keiner beachtet den schwarzbärtigen Mann in dunklem Anzug mit Krawatte, der sich unten aus einer der Mönchszellen geschoben hat und nun den Schluss der Prozession bildet.

Wie vom Blitz getroffen erstarrt der Mesner, als er um die Ecke in den langgezogenen schmalen Dachbodenraum über dem Seitenschiff sehen kann. Mit schreckensbleichem Gesicht dreht er sich um, doch er bringt keinen Laut über seine Lippen. Die anderen drängen nach, aber nach zwei Schritten bleiben auch sie wie angewurzelt stehen.

Ein grauenhaftes Bild – dort im Halbdunkel. Es sind noch einige Meter Entfernung und trotzdem versteht jeder sofort.

»Der Lichtschalter – da hinten«, keucht der Mesner. Einer drückt drauf und es wird etwas heller im Raum.

Jetzt treten ein paar Mutige weiter vor, aber näher als zwei Meter traut sich niemand heran. Kein Laut ist zu hören.

Ein steifer menschlicher Körper lehnt – auf die Unterseite eines langen breiten Brettes gebunden – aufgestellt in leichter Schräglage an der Wand. Festgeschnallt mit fünf Spanngurten. Fußgelenke, Knie, Becken, Bauch und Brust werden von je einem Gurt an das Brett gepresst. Die Beine hoch, der Kopf hängt nach unten. Kopf? Nein, davon ist nicht viel zu sehen. Der steckt in einer großen Plastiktüte, nein, eher in einer Art flexiblem Trichter, zugebunden am Hals, unten mit einem festen Auslauf. Diese Öffnung wiederum mündet direkt in das Loch im Holzboden. Genau dort, wo das Kabel der Hängelampe hindurchführt. Die direkte Ableitung hinunter in den Kirchenraum.

Es dauert, bis jemand etwas sagt. Zu schockiert ist die Menge. »Ein Mann?« Geflüstert von einer Kirchengemeinderätin.

Der Kantor nickt: »Das ist… « Seine Stimme versagt.

Der Mesner nimmt allen Mut zusammen, macht drei Schritte nach vorne und… tastet mit der Handfläche zum Halsansatz der Gestalt, direkt über der zugebundenen Tüte. »Tot«, sagt er halblaut nach hinten. »Kein Herzschlag mehr, aber noch ganz warm.«

Dann zieht er an der Schnur – nur eine einfache Schlaufe. Die Plastikfolie löst sich, rutscht seitlich ab, ein Schwall roter Flüssigkeit überschwemmt den Boden und mit einem grellen Laut taumelt der Mesner rückwärts.

Ein grauenvolles Bild! Alles voller Blut! Aus einer breiten Wunde, die quer über den ganzen Hals verläuft, tropft es noch immer. Tropft, trieft und rinnt nach unten über den leblos hängenden Kopf. Rot das Kinn, rot der Bart, rot das Gesicht und rot die Haare. Blutrot!

Nach mehreren Schrecksekunden beginnen die ersten in der Menge zu würgen, drehen sich weg. »Uuh... Aah...« Schreie des Entsetzens füllen den Dachboden. Frauen und Männer wanken rückwärts, bahnen sich panisch einen Weg, stolpern über Füße, straucheln an Knien. Mehrere fallen. Andere trampeln darüber.

Allein der Mesner beweist Stärke, fischt sein stummgeschaltetes Mobiltelefon aus der Hosentasche und drückt »1-1-0«.

»Ein Toter, hier in Alpirsbach, auf der Kirchenbühne«, keucht er.

Offensichtlich versteht die Polizei nicht richtig, was auf schwäbisch als Bühne bezeichnet wird und so setzt er nach: »Ja, auf der Bühne, auf dem Dachboden vom Kloster, grausig, alles voller Blut.«

Der Kantor findet wieder Worte: »Bitte gehen Sie. Gehen Sie alle zurück in die Kirche.«

Mit zitternder Stimme tritt er unten ans Mikrofon: »Es ist etwas Unfassbares geschehen. Bitte haben Sie Verständnis, dass wir die Matinee beenden müssen.« Dann wendet er sich ab und lässt sich auf die Orgelbank sinken. Mehr kann er nicht sagen. Den stechenden Blick des Mannes im dunklen Anzug registriert er nicht.

Als der erste Streifenwagen der Freudenstädter Polizei gleichzeitig mit dem Notarzt eintrifft, haben die meisten Konzertbesucher die Kirche bereits verlassen. Viele stehen aber noch im Vorraum, dem »Paradies«, oder auf dem Klosterplatz und versuchen etwas aufzuschnappen, was die zu berichten haben, die mit auf dem Dachboden, dort am Schauplatz des Verbrechens waren.

»Wer?«, lautet die am häufigsten gestellte Frage, doch von denen, die den kopfunter aufgestellten Körper gesehen haben, kann sie niemand beantworten. Diejenigen, die ihn zu kennen glauben, sind noch oben geblieben.

Mesner und Kirchengemeinderäte stehen unbeweglich, mit blutleeren Gesichtern in einiger Entfernung und wagen kaum, den Toten anzusehen. Niemand kann sich rühren. Der schockierende Anblick lähmt ihre Sinne. Keiner sagt etwas.

In diesem erstarrten Zustand werden sie von Polizei und Rettungsdienst angetroffen, die der Kantor nach oben führt. Auch den neu Hinzugekommenen verschlägt es die Sprache beim Anblick des furchterregend hingeschlachteten Körpers.

Dennoch beginnen die Profis ihre Arbeit.

»Nichts mehr zu machen«, konstatiert der Notarzt. »Beide Halsarterien durchtrennt. Blutentzug. Exitus.«

Die Streifenpolizisten sperren die Örtlichkeit mit rotweißem Band ab. »Kripo ist unterwegs«, sagt der ältere der beiden, zieht ein dünnes Notizheft aus der Brusttasche seines Hemdes und beginnt, die Personalien der Anwesenden zu notieren.

Eine erste Pressekonferenz der Freudenstädter Polizeidirektion erfolgt bereits am Nachmittag. Der ermittelnde Rottweiler Staatsanwalt und der leitende Kripobeamte treten auf dem Klosterplatz vor die Mikrofone. Die sensationelle Nachricht eines Mordes im Alpirsbacher Kloster hat sich derartig schnell verbreitet, dass neben Zeitungsjournalisten auch Aufnahmeteams mehrerer Radio- und Fernsehsender eingetroffen sind.

Im Vergleich zu diesem Aufgebot ist die Auskunft der Behördenvertreter allerdings ziemlich dürftig.

»Wir gehen von einer Gewalttat aus, die sich heute Vormittag dort oben ...« – der Staatsanwalt zeigt in die Höhe zur Giebelwand der Klosterkirche – »... auf dem Dachboden ereignet hat. Das Opfer ist eine männliche Person.«

»Um den Fortgang unserer Ermittlungen nicht zu gefährden«, ergänzt der Leiter der Mordkommission, »können wir zum jetzigen Zeitpunkt leider noch keine näheren Angaben machen. Wir verfolgen bereits mehrere Spuren und werden Sie zu gegebener Zeit weiter informieren.«

»Was wir aber unbedingt benötigen«, fährt der Staatsanwalt fort, rückt sich seine Lesebrille zurecht und schaut sehr ernst in die Kameras, »sind die Beobachtungen aller Personen, die am Tatort waren. Ihre Aussagen sind eminent wichtig und daher bitten wir Sie dringend, sich hier vor Ort bei uns zu melden.«

Völlig klar, dass sich die Journalisten damit nicht zufriedengeben, solcherart für die Ermittlungen eingespannt zu werden, ohne weitere Neuigkeiten veröffentlichen zu können. Eifrig sind sie daher bemüht, Augenzeugen aufzutreiben.

Mesner, Kantor und Kirchengemeinderäte werden

vom zwischenzeitlich eingetroffenen Pfarrer, der zum Zeitpunkt des gewaltigen Lachens in der Rötenbacher Kirche einen Gottesdienst gehalten hatte, zum Stillschweigen verpflichtet. Aus der Vielzahl der Konzertbesucher gibt es aber einige, die sich aus Neugierde wieder vor der Kirche eingefunden haben und ohne Hemmungen vor die Kameras treten.

»Ein schauerliches, wildes Lachen, grausig – ewig lang. Einfach entsetzlich!«, rollt eine füllige Endfünfzigerin im großgeblümten Sommerkleid die blaugedeckelten Augen. »Und dann das Blut! Von der Lampe ist es heruntergetropft. Ekelhaft! Ich saß nur ein paar Reihen weiter hinten und hab genau zugeschaut, wie es einer Frau die ganze Jacke versaut hat. Fürchterlich – und das alles in unserer Kirche, in einem heiligen Raum!«

Ein bärtiger Mann im weißen Kurzarmhemd drängt sich nach vorne, um Genaueres vom Dachboden zu berichten: »Ich hab den Toten gesehen. Schrecklich, so im Halbdunkel. Stellen Sie sich nur vor, der war auf ein Brett gebunden, an die Wand gestellt, umgedreht und Kopf nach unten.« Er macht eine pendelnde Handbewegung: »Ja, der Kopf, der ist so rumgebaumelt, halb abgeschnitten, direkt hier …« Mit dem Zeigefinger zieht er eine Linie quer über seinen Kehlkopf. »Furchtbar, wie bei einem Schaf, das man ausbluten lässt. Und zuerst war da noch so ein Plastiksack drüber über dem Kopf. Unten an einer Ecke offen, sodass das Blut direkt ins Loch laufen musste. Ich sag Ihnen, das war alles haargenau geplant. Garantiert!«

Zu diesem Schluss kommen auch die Ermittler ziemlich schnell. Und sie wissen schon am frühen Nachmittag wesentlich mehr, als sie der Öffentlichkeit mitteilen wollen. Während fünf Beamte der Spurensicherung die verschiedenen Dachböden der Klosterkirche akribisch genau unter die Lupe nehmen und die Leiche des Ermordeten in die Rechtsmedizin nach Tübingen transportiert wird, richtet die Kripo im Bruderraum ein provisorisches Lagezentrum ein.

»Ich brauche alles hier vor Ort«, bestimmt der leitende Kriminalhauptkommissar. »Die Lösung liegt in diesen uralten Mauern. Je besser wir die Atmosphäre in uns aufnehmen, desto schneller kommen wir voran.«

Mehrere Laptops mit drahtlosem Internetzugang werden installiert, Beamer, Leinwand und ein Farbdrucker eingerichtet. Nach und nach füllen Fotos die Pinnwände und Stichworte die Flipcharts.


Schräg gegenüber, in den Räumen des evangelischen Pfarrhauses, finden intensive Vernehmungen statt. Alle Personen, die irgendwie – beruflich oder ehrenamtlich – mit der Kirche oder der Klosteranlage zu tun haben, werden von den Beamten der Freudenstädter Kriminalpolizei befragt und müssen bleiben. Man hält ihre Personalien fest und fotografiert ihre Gesichter.

Tatsächlich finden sich nach und nach weitere Konzertbesucher ein, die am Tatort waren und die aufgrund der Medienberichte zurückkehren. Viele Einheimische sind darunter, doch selbst aus Freudenstadt, Schramberg und Wolfach machen sich Leute auf den Weg zurück nach Alpirsbach. Auch sie werden intensiv vernommen und dürfen vorerst nicht mehr gehen. Alle Dachboden-Zeugen werden in einem großen Besprechungsraum zusammengeführt, an dessen Wänden ihre Gesichter als großformatige Fotos aufgehängt sind. Zwei Kripo–Beamtinnen halten sich ebenfalls dort auf, mit der Anweisung, eine hundertprozentig vollständige Liste der Zeugen zu erstellen.

Tatsächlich geht diese Taktik auf: Gegen 22 Uhr ist klar, dass sich jetzt fast alle versammelt haben, die den Toten gesehen haben. Einer fehlt. Es ist der große Unbekannte.

Der Mann mit dem schwarzen Bart im dunklen Anzug. An ihn kann sich mehr als die Hälfte der Anwesenden erinnern, doch niemand kennt ihn.

Nach und nach gelingt es sogar, ein Phantombild und eine recht genaue Personenbeschreibung anzufertigen, sodass der Chef der Mordkommission schließlich entscheidet: »Jetzt können Sie alle nach Hause gehen. Herzlichen Dank für Ihre Hilfe. Mit diesem Bild wenden wir uns sofort an die Öffentlichkeit und veranlassen eine Fahndung. Ich bin sicher, wir werden ihn finden.«

»Halten Sie ihn für den Mörder?«, möchte der Pfarrer wissen, doch der Kommissar zuckt nur die Schultern. »Sie wissen ja, wir haben auch noch ein paar andere Spuren.«


Als erste Ergebnisse der rechtsmedizinischen Untersuchung eintreffen, versammelt der leitende Beamte alle anwesenden Mitglieder der Mordkommission um sich:

»Wir wissen jetzt Folgendes. Erstens: Der Mann wurde durch einen breiten und vor allem tiefen Kehlschnitt getötet. Richtig in Schlachtermanier direkt über dem Kehlkopf von vorne. Durch – bis zu den Knochen der Halswirbel. Zweitens: Die Tatwaffe muss ein langer scharfer Gegenstand sein.«

»Metzgermesser?« ruft ein bulliger Kripomann in die Runde.

»So was in der Art«, nickt der Kommissar. »Bis jetzt hat die Spusi aber noch nichts Passendes gefunden.«

Dann fährt er fort: »Der Tod ist zwar durch Ausbluten eingetreten …«

Wieder wird er unterbrochen: »Du meinst, er wurde regelrecht geschächtet?«

Der Beamer projiziert ein Foto der weit auseinanderklaffenden Halswunde auf die Leinwald. Entsetztes Raunen geht durch den Saal.

Der Kommissar zieht die Augenbrauen hoch und fährt sich nachdenklich mit der flachen Hand über die Glatze: »In meiner Dienstzeit habe ich nicht viel Grausameres gesehen. Alle, die diesen Anblick nicht hatten, dürfen froh sein. Wieder ein Bild, das man nicht vergisst. Nie mehr.«

Der Breitschultrige stimmt ihm zu: »Du hast recht. Wir müssen nicht immer vom Besten haben. Die Fotos sind schon herb genug.«

Der Leiter der Mordkommission schaut in die Runde: »Drittens: In seinem Blut wurde Pentobarbital nachgewiesen. Ein bekanntes Narkosemittel. Intravenös verabreicht. Das nächste Bild bitte.« Der Einstich in der Ellenbeuge wird gestochen scharf abgebildet. »Damit wurde er betäubt. Wirkt ziemlich schnell. Also dürfte er nichts gespürt haben.«

»Das ist noch nicht sicher«, meldet sich der Leiter der Kriminaltechnik und hält den Obduktionsbericht in die Höhe. »Kommt ganz auf die Zeitdauer an. Aber es ist ein bekanntes Mittel. Weiß jemand, wofür?«

»Schweiz, Sterbehilfe«, kommt es aus der hinteren Ecke.

»Genau«, nickt der Techniker. »Und bei Hinrichtungen in den USA hat man angeblich die Giftspritzen damit gefüllt.«

Der bullige Polizist muss noch einen Kommentar abgeben: »Damit hat der Tierarzt vor drei Jahren meinen Hasso eingeschl…«

»Ist ja gut«, fällt ihm der Hauptkommissar ins Wort. »Sag uns lieber, wie wir uns den Ablauf vorstellen müssen.«

Der Stämmige zögerte: »Also… zuerst die Spritze, damit er schläft, dann auf dem Brett festschnallen, Brett an der Wand hochstellen, Plastiktrichter in Position bringen.«

»Dann das erste Stück der Orgel abwarten«, ergänzt der Kriminaltechniker. »Direkt beim letzten Ton das Lachen, dieses fürchterliche, grausame, widerhallende Lachen, das man uns beschrieben hat. Es kam ziemlich sicher durch eine Tür im Querschiff hoch über dem Marienaltar. Die stand nämlich offen. Ein bis zwei Minuten dauert es von dort bis auf die andere Seite des Dachbodens, wo das Opfer an der Wand parat steht. Mit der einen Hand das Messer durch den Hals ziehen, mit der anderen die Tüte hochhalten, zubinden – fertig.«

»Und die rote Soße läuft sauber am Lampenkabel durch das Loch«, kommentiert der beleibte Ermittler.

Ein junger Kripobeamter im Hintergrund schlägt stöhnend die Hände vors Gesicht, doch sonst herrscht einige Zeit lang höchst betroffene Stille im Bruderraum des Alpirsbacher Klosters.

»Es spricht einiges dafür«, bricht der leitende Kommissar schließlich das Schweigen, »dass die Tat sich so abgespielt hat. Trotzdem gibt es noch jede Menge Fragen.«

»Zum Beispiel nach der Identität«, wirft eine seiner Kolleginnen ein. »Der Kantor hat ja gemeint… und der Mesner auch…«

»Die Rückmeldung aus St. Blasien fehlt noch«, antwortet der Beamte, der die eingehenden Mails zu überwachen hat. »Bis jetzt wissen wir nur, dass er alleine gelebt und sich anscheinend in der letzten Zeit mehr und mehr von seiner Umgebung zurückgezogen hat. Ein Bild von ihm konnte ich immerhin auftreiben. Moment, ich hab's gleich…«

»Der sieht aber merkwürdig aus.« Wieder kann sein grobschlächtiger Kollege das Mundwerk nicht im Zaum halten.

»Jetzt wart halt«, blafft der andere zurück. »Dass er so nicht aussieht, ist ja wohl klar. Was Du da siehst, ist sein Werk. Sein Meisterwerk, das drüben in der Kirche steht, die einmalige fahrbare Orgelskulptur. Die ziert natürlich die Titelseite seiner Homepage, wie sich das für einen

Orgelbauer gehört. Der Internetauftritt wurde übrigens in den letzten zwei Jahren nicht mehr aktualisiert. Und jetzt … Moment, nur ein Klick … voilà!«

Das Portrait des Meisters erscheint auf der Leinwand – ein gütig dreinblickender Mann um die Sechzig mit auffallend klaren blauen Augen und einem prägnanten langen grauweißen Vollbart.

»Für mich gibt es kaum noch Zweifel an der Identität. Nachdem er ja seit der Bauzeit hier bestens bekannt ist, haben ihn auch Kantor und Mesner gleich wiedererkannt«, konstatiert der leitende Ermittler.

Sein Mitarbeiter am Computer blendet eine aktuelle Mail ein: »Mit der Mutter unterwegs nach Tübingen zur Rechtsmedizin zwecks Identifizierung«, lautet die Kurznachricht der Polizei aus dem Südschwarzwald.

Der Kommissar schaut in die Runde: »So, das war der Anfang. Ich hab aber noch jede Menge weiterer Fragen.« Er blickt seinem kräftigen Kollegen direkt in die Augen. »Hältst Du so einfach still, wenn Dir Dein Mörder die Giftspritze in die Vene stechen will?«

Der Angesprochene zuckt die Schultern: »Vielleicht war er schon gefesselt und geknebelt?«

»Möglich. Hämatome durch die Spanngurte gibt es in Hülle und Fülle. Die werden im Moment genauer untersucht, aber ein Knebel im Mundraum? Bisher keinerlei Spuren.«

»Hätte man in der Kirche nicht Schritte hören müssen?«, meldet sich eine Beamtin. »Der Dachboden ist doch mit Holzdielen belegt.«

Der Kommissar wiegt den Kopf: »Das könnt ihr ja

mal testen, aber wenn nach dem Lachen die ganzen Besucher in Aufruhr sind …«

»… kann solch ein Geräusch natürlich untergehen«, vervollständigt die Polizistin den Gedanken. »Aber ich hab noch eine Frage: Die Kirche ist doch außerhalb der Gottesdienste normalerweise abgeschlossen. Zugang nur durchs Infozentrum, an der Kasse vorbei.«

»Gut kombiniert«, nickt der Chefermittler. »Nicht nur die Kirche, sondern auch noch die Tür zum Dorment.«

»Aufbruchsspuren haben wir nicht gefunden«, antwortet der Kriminaltechniker.

»Bleibt also nur ein Nachschlüssel. Nicht einfach, bei einer Schließanlage.«

»Aber auch nicht unmöglich«, überlegt der Techniker. »Gelegenheit zum Nachmachen hat er sicherlich schon gehabt. Beim Bau der Orgel oder bei Wartungsarbeiten.«

»Okay, der Orgelbauer kommt rein. Aber sein Mörder? Hat der auch einen Schlüssel? Hat er sich bei einer Klosterführung irgendwo einschließen lassen? Oder hat ihn gar jemand reingelassen?« Der Kommissar schaut in die ratlosen Augen seiner Mitarbeiter: »Wir müssen uns ranhalten. Jetzt kommt die übliche Kleinarbeit. Wer und warum? Täter und Motiv. Was steckt dahinter? Der Staatsanwalt setzt dabei enorm auf die Öffentlichkeit.«

Bereits am Abend erscheint das Phantombild des dunkel gekleideten Unbekannten im Fernsehen. Am nächsten Tag ziert es nebst intensiver Berichterstattung alle großen und kleinen Zeitungen.

Schlagzeilen wie »Orgelbauer grausam abgeschlachtet« oder »Blutbad im Schwarzwaldkloster« schreien aus allen Blättern. Manche Journalisten ergehen sich in Spekulationen: »Tödlicher Konkurrenzkampf in der Orgelbaubranche?« oder ziehen gar Parallelen mit einem uralten Brauch der Auferstehungsfeiern in östlichen Kirchen: »Blutiges Klosterlachen statt orthodoxem Osterlachen.«

Doch der Erfolg der Öffentlichkeitskampagne bleibt aus. Weder im persönlichen Umfeld des Orgelbaumeisters noch bei beruflichen Konkurrenten werden die Ermittler fündig. Die Tatwaffe bleibt verschwunden, Fremd-DNA oder Faserspuren können nicht gesichert werden.

Alle Ansätze verpuffen im Nichts. Auch die Frage, ob sich Opfer und Täter kannten, wie sie durch abgeschlossene Räume auf den Dachboden des Klosters gelangt sind und was sie dort wollten, bleibt völlig im Dunkeln.

Nach mehreren Wochen intensiver Ermittlungsarbeit wird sogar die Fernsehsendung »Aktenzeichen XY ungelöst« eingeschaltet. Wieder ohne Erfolg. Aus der Vielzahl der Hinweise ergibt sich nicht eine einzige verwertbare Spur.

Alleine dem feinen Gehör des Kantors der Alpirsbacher Klosterkirche ist es zu verdanken, dass das Rätsel um den Tod des Orgelbauers kurz vor Weihnachten gelöst wird. Schon seit Längerem meint er, im Klang der Orgel eine minimale Unreinheit zu erkennen. Nur ganz schwach und so geringfügig, dass er seinem eigenen Empfinden zuerst gar keine Beachtung schenkt. Außer ihm kann ohnehin keiner das winzige Nebengeräusch registrieren.

Ob sich das Eichenholz der Skulptur ein ganz klein wenig verzogen hat?

Ob geringste Temperatur- und Feuchtigkeitsschwankungen die Ursache sein könnten?

Normalerweise hätte er den Orgelbaumeister darum gebeten, bei Gelegenheit einmal vorbeizukommen, aber das ist ja nun nicht mehr möglich.

Trotzdem lässt die Sache dem Kantor keine Ruhe. Jedes Mal, wenn er die Orgel spielt, bemerkt er die winzige Abweichung und so beschließt er in der Adventszeit, der Sache selbst auf den Grund zu gehen.

Ob sich im Innern einer Orgelpfeife etwas festgesetzt hat? Irgendein Fremdkörper? Oder ein Insekt? Nachtfalter, Hornisse, vielleicht gar eine Zwergfledermaus? Nein, die wäre zu groß!


Er probiert fast eine Stunde, bis er sich einigermaßen sicher fühlt, die Orgelpfeife identifiziert zu haben, die für die leichte Unreinheit verantwortlich sein könnte. Im Pedal, den Tasten, die mit den Füssen gespielt werden, ist es der Ton »Des«, im Register »Contrabass 16 Fuß«. Ein dort eher selten gespielter Ton.

Tief drin im königlichen Instrument angeordnet ist die große Metallpfeife nur sehr mühevoll zugänglich, doch dann entdeckt der Kantor, was er gesucht hat: Oben ragt etwas kleines Weißes heraus.

Unter akrobatischen Verrenkungen klettert der Kirchenmusiker im engen Orgelinnern nach oben, prüft vor jedem Tritt, wohin er seinen Fuß setzen kann, strengt sich mächtig an, um ja keine der vielen benachbarten Pfeifen zu beschädigen, greift danach und zieht… einen kleinen Zettel aus der Röhre. Eine umgeknickte Ecke war über den Metallrand gefaltet und hatte ihn so vor dem Hinunterrutschen bewahrt.

Fassungslos hält er das schon leicht vergilbte Papier in seinen Händen.

Was er darauf entziffert, kann er zuerst nicht fassen. Er muss sich auf die Orgelbank setzen. Dort liest er wieder und wieder die mit schwarzer Tinte gestochen scharf geschriebene unglaubliche Botschaft:

*»Ein größeres Werk als dieses werde ich nie mehr erschaffen.*
*Alles, was danach kommt, steht in seinem Schatten.*
*Ich bin am Ende.*
*Meine Kraft ist aus.*
*Deshalb gebe ich mein Leben freiwillig zurück.*
*In die Hände dessen, der mich erschaffen hat.*
*Hier bei meinem Meisterstück.*
*Es ist vollkommen.*
*Es gibt nichts Schöneres für mich.*
*Mein Blut soll zu seiner Ehre vergossen werden.*
*Mit einem lachenden Fortissimo möchte ich von dieser Welt scheiden.*
*Sucht nicht nach dem, der mir dabei geholfen hat.*
*Ich habe ihn darum gebeten.*

*Julius Behringer, Orgelbaumeister, St. Blasien.«*

Dank des Autors:

An Mesner Marinus Heinzelmann, der mir vielfältige Einblicke in die verwinkelten Dachböden des Alpirsbacher Kosters ermöglichte.

An Kantor Ulrich Weissert, der gerne bereit war, mir die einzigartige transportable Orgel von außen und innen, mit Technik und Klang nahe zu bringen.

An Claudius Winterhalter, den realen Erbauer der Orgelskulptur, der keinerlei düstere Gedanken hegt und als Orgelbaumeister voller Energie weitere Großprojekte verwirklicht.

# Über die Autoren

Veit Müller, in der Pfalz aufgewachsen, studierte in Tübingen Germanistik und Anglistik. Seit 1998 arbeitet er als freier Journalist für Tageszeitungen und Agenturen. Veit Müller veröffentlichte bisher vier Kriminalromane (u. a. »Tübinger Blues«) mit dem Journalisten Luka Blum als Hauptfigur. Er ist auch Herausgeber der Anthologie »Leblos unterm Tresen« und Autor mehrerer Kurzgeschichten und Freizeitführer. www.veit-mueller.de

Sybille Baecker ist gebürtige Niedersächsin. Sie studierte BWL in Münster und Neu-Ulm und arbeitete mehrere Jahre als Pressereferentin eines Sportfachverbandes in Stuttgart. Heute lebt sie nahe der Universitätsstadt Tübingen und ist als Schriftstellerin und Dozentin für Schreibworkshops tätig. Sie veröffentlichte mehrere Kriminalromane, u. a. eine Krimiserie mit dem Tübinger Kommissar und Whiskyfreund Andreas Brander (zuletzt »Neckartreiben«) sowie zahlreiche Kurzkrimis. www.lesezeit-sk-baecker.de

Werner Bauknecht wurde in Tübingen geboren. Nach dem Studium in München arbeitete er als Dozent in der IT-Branche. Danach lange Jahre als Referent beim Sparkassenverlag in Stuttgart. Seit 2000 freiberuflicher Autor und Journalist. Er ist Autor verschiedener Theaterstücke. 2012 folgte sein erster Regionalkrimi, Spielort Tübingen. Im Herbst 2013 erscheint der zweite Band und beim Schwarzkopf-Verlag ein neuer Roman. Werner Bauknecht wohnt in Wurmlingen bei Rottenburg mit Frau und zwei Kindern.

**Martina Fiess,** geborene Badenerin, lebt nun schon über zwanzig Jahre im »schwäbischen Exil« in Stuttgart und fühlt sich hier mittlerweile sehr wohl. Sie hat Kunstgeschichte und Philosophie studiert, promoviert und ihre Leidenschaft fürs Schreiben als Journalistin, Buchlektorin und Konzeptionstexterin ausgelebt. Seit sie 2001 zu den Gewinnern eines renommierten Krimiwettbewerbs gehörte, hat sie drei Kriminalromane (u. a. »Tod in Degerloch«) sowie über zwanzig, zum Teil preisgekrönte Kurzkrimis veröffentlicht. Darüber hinaus hat sie zwei Weinkrimi-Anthologien (zuletzt »Bis zum letzten Tropfen«) mit herausgegeben. Im Frühjahr 2014 erscheint ihr neuer Roman. www.martina-fiess.de

**Edi Graf** ist in Friedrichshafen geboren. Seine Leidenschaft ist Afrika, Krimis sind seine zweite Passion. Nach Hörspielen, Kurzkrimis und Erzählungen legte er 2005 mit »Nashornfieber« und »Löwenriss« seine beiden ersten Kriminalromane vor. Linda Roloffs 3. Fall »Elefantengold« und die Fortsetzung »Leopardenjagd« folgten. Zur WM in Südafrika kam 2010 »Bombenspiel« auf den Markt, 2012 erschien »Verschleppt«. In mehreren Anthologien ist Graf mit Kurzkrimis vertreten, außerdem schreibt er Reiseführer, Reportagen und Mundart.

Edi Graf studierte Literaturwissenschaft und arbeitet als freier Redakteur.

**Silvija Hinzmann**, geboren in Kroatien, lebt seit ihrer Kindheit in Stuttgart und arbeitet als freie Autorin, Dolmetscherin und Übersetzerin. Sie veröffentlichte zahlreiche Kurzkrimis und einen Kriminalroman. Außerdem gab sie mehrere Anthologien heraus (u. a. »Herrgotts Bescheißerle«). Sie ist Mitglied im *Syndikat* und bei den *Mörderischen Schwestern*. www.silvija-hinzmann.de

**Bernd Leix** hat Forstwirtschaft studiert, lebt mit seiner Familie im Schwarzwald und betreut dort als Revierförster die Wälder rund um das Klosterstädtchen Alpirsbach. Er arbeitete einige Jahre in den von Kriminalität durchdrungenen Großstadtwäldern des Karlsruher Hardtwaldes und machte deshalb die badische Fächerstadt zum Schauplatz seiner mittlerweile acht Krimis um den behäbigen, Pfeife rauchenden Kriminalhauptkommissar Oskar Lindt. Mit »Mordschwarzwald« (2013) erregte Leix mediales Aufsehen, da er die Geschehnisse um den in der Bevölkerung heftig diskutierten Nationalpark im Nordschwarzwald thematisierte.

**Elke Schwab** ist Krimiautorin aus Leidenschaft und hat in den letzten zwölf Jahren zwölf Kriminalromane auf den Markt gebracht hat. Und es werden noch mehr, denn die fiktiven Verbrecher geben keine Ruhe. Viele Jahre hat sie im Sozialministerium in Saarbrücken in der Abteilung Altenpolitik gearbeitet. Inzwischen widmet sie sich ganz dem Schreiben. In der beschaulichen Atmosphäre des »Krummen Elsass« lässt sie sich zu ihren schaurigen Ideen inspirieren. http://elke-schwab.blogspot.de/

**Bernd Storz** lebt in Reutlingen. Mit »Mord im Outlet« erschien jetzt sein fünfter Kriminalroman. Weitere Veröffentlichungen: »Ein Deal nach Hitchcock«, Bühnenstück, geplant für 2014, Drehbücher für TV-Serien und schwäbische Hörspiele (SWR), u. a. »Istanbul, all inclusive«, 2013 als Download. Zudem schreibt er Lyrik sowie Bücher zur zeitgenössischen Kunst und zur Geschichte. Er erhielt Lehraufträge für Drehbuch und Kreatives Schreiben, u. a. an den Universitäten Tübingen, Freiburg und Stuttgart und beim Drehbuchcamp der Medienakademie von ARD.ZDF. www.bernd-storz.de.

**Peter Wark** hat bisher neun Kriminalromane und zahlreiche Kurzgeschichten veröffentlicht. Er mordet regional und weltweit. Aufgewachsen ist er auf der Schwäbischen Alb, was seiner geistigen und sozialen Entwicklung nicht geschadet hat, wie er behauptet. www.warkkrimi.de

**Gudrun Weitbrecht** lebt und arbeitet in Stuttgart. Sie ist verheiratet und hat einen Sohn. Seit 2001 hat sie zahlreiche Kurzkrimis sowie zwei Kriminalromane veröffentlicht. Sie ist außerdem Herausgeberin von vier Schwaben-Anthologien. Zurzeit schreibt sie an ihrem dritten Roman, der im August 2014 erscheint. www.weitbrecht.info

Veit Müller (Hg.)

**Leblos unterm Tresen**

11 Kurzkrimis vom Neckar bis zum Bodensee

256 Seiten, € 11,95

ISBN 978-3-88627-944-9

**www.oertel-spoerer.de**